Annette G. Krupka

Marianne

17 Fall um Katherina "Kate" Schulz

Impressum

© 2023 Annette Gisela Krupka
Herstellung und Verlag: BoD – Books on Demand,
Norderstedt
ISBN 9783756850334

Das Buch

Der schneereiche und lange Winter ist zu Ende gegangen und Plauen erblüht im ersten Frühlingsgrün. Kate Schulz, Mike Köhler sowie Jasmin und Omar Amri sind eben aus Amerika zurückgekehrt, wo Kates ehemaliger Kollege, Spezialagent Ben Thomson, geheiratet hat.

Als am Montagmorgen Hauptkommissar Mike Köhler seine Kollegin Kommissarin Jäger, nicht wie gewohnt in ihrem Büro antrifft, beschleicht ihn ein ungutes Gefühl.

Noch ehe er sie anrufen kann, kommt ihr Mann Torben ins Polizeipräsidium und meldet seine Frau als vermisst.

Sofort findet eine umfangreiche Suchaktion statt, aber man findet nur Mariannes Wagen auf dem Deck eines Einkaufscenters. Die Tür ist unverschlossen, der Fahrersitz voller Blut.

Wo ist Kommissarin Jäger und lebt sie überhaupt noch?

Kapitel 1

„Das war eine wirklich tolle Zeit", schwärmte Jasmin nicht zum ersten Mal und sah zu Omar, der seinen SUV über die Autobahn steuerte. Als dieser nickte, sah sie in den Rückspiegel. Kate hatte ihren Kopf an Mikes Schulter gelegt und die Augen geschlossen.

„Jetlag?", murmelte sie in Richtung Mike, als Kate die Augen aufschlug.

„Nein, eher innere Einkehr", sagte sie und spürte, wie Mike leise lachte. Dann legte er den Arm um sie.

„Bereust du es, wieder mit zurückzumüssen?", fragte er und Kate setzte sich aufrecht hin.

„Die Frage meinst du nicht wirklich ernst, oder?"

Sie zog die Augenbrauen in die Höhe und Mike grinste. „Ich wollte es nur hören."

„Ich habe festgestellt", mischte sich Omar hier ein, „FBI-Agenten scheinen eine ziemliche Menge an Alkohol zu vertragen."

Scheinbar hielt er es für geraten, ein anderes Thema anzuschneiden.

Mike legte wieder seinen Arm um Kates Schulter.

„Wobei meine liebe Frau hier wohl die Ausnahme bildet."

Omar sah kurz über die Schulter nach hinten.

„Sag mal Kate, gibt es dafür eigentlich einen Grund?"

Diese tippte Omar leicht auf die Schulter.

„Sagt der Richtige."

Dieser hob die Hand leicht vom Lenkrad ab.

„Bei mir ist es der religiöse Hintergrund, aber bei dir

ist doch Alkohol erlaubt?"

Jetzt sah auch Jasmin nach hinten. Zwar pflegte sie immer zu frotzeln, wenn Omar und Kate keinen Alkohol tranken, es wäre wie ein Treffen der Anonymen Alkoholiker, aber niemand hatte Kate je gefragt, was eigentlich der Grund für ihren Verzicht auf Alkohol war.

Diese seufzte etwas auf.

„Also gut. Ich war 17 und mit ein paar Freundinnen zu einer Party eingeladen. Einer der Jungs wollte sich wohl einen Spaß daraus machen und mischte uns richtige starke Sachen unter unsere alkoholfreien Drinks. Da unsere Drinks quitschesüß waren, haben wir wohl den hochprozentigen Schnaps nicht geschmeckt. Jedenfalls haben wir es nicht gemerkt und mich hat es besonders schlimm erwischt, denn ich hatte furchtbaren Durst und trank zwei großes Gläser auf Ex. Das Resultat war eine schwere Alkoholvergiftung. Ich lag zwei Tage faktisch im Koma. Mein Vater war völlig entsetzt, als ich in die Klinik eingeliefert wurde und erfuhr erst, als zwei meiner Freundinnen mit, wenn auch leichteren Symptomen, ebenfalls eingeliefert worden waren, dass wir uns nicht mit Absicht betrunken hatten. Ich hatte noch eine Weile mit den Nachwirkungen zu kämpfen und habe seitdem nie wieder einen Tropfen Alkohol angerührt."

Jasmin stieß die Luft aus. „Oh je", sagte sie leise.

„Und ich mache so meine Witze darüber."

Kate legte ihr die Hand von hinten auf die Schulter. „Schon okay. Jetzt weißt du es."

7

„Jedenfalls war ich erstaunt, was Ben und Co. so in sich reingeschüttet haben", bemerkte Omar.

Sie waren gemeinsam für knapp drei Wochen in Atlanta gewesen, wo Kates ehemaliger Partner beim FBI, Ben Thomson, geheiratet hatte. Nebenher hatten sich Omar und Mike mit neuen Ansätzen der Ermittlungstätigkeit beziehungsweise der Forensik informiert, während Jasmin und Kate die Zeit für ein paar „Mädelstage", wie Jasmin es nannte, nutzten.

„Ja, die sind schon standfest", bestätigte Kate und sah aus dem Wagenfenster. „Wir sind ja bald zu Hause", stellte sie erleichtert fest und dehnte sich.

„Ich freue mich aber auch wieder auf mein eigenes Bett", murmelte Omar und Jasmin kicherte. Das Problem mit den Hotelbetten war meist, das sie für den hünenhaften Pathologen zu kurz waren und ihm die Füße einschliefen.

Mike grinste. Dann sah er zu Omar nach vorn.

„Na, ich bin gespannt, was uns arbeitsmäßig erwartet", sagte er und Omar zuckte die Schultern.

„Ich habe eine tüchtige Assistentin und du hast Marianne. Es wird sich also in Grenzen halten und uns bestätigen, es geht auch ohne uns."

„Hört, hört", sagte Jasmin und warf ihrem Mann einen Blick zu, den dieser lächelnd ignorierte.

„Na was? Kerstin ist überaus kompetent, schließlich hat sie von mir gelernt."

„Bei dir, mein Lieber, bei dir. Schade, dass sie das nicht hören kann, welch positive Worte ihr Doktorvater für sie findet."

Jasmin legte ihre Hand auf den Unterarm ihres Mannes, der gerade von der Autobahn abbog in Richtung Ausfahrt Plauen Ost.

„Das weiß sie", murmelte der.

„Ich bin mir auch sicher, dass Marianne die Sache voll und ganz im Griff hatte, darum habe ich auch nicht angerufen. Das sieht immer so nach Kontrolle aus. Ich lasse mich morgen überraschen", erwiderte Mike und schloss kurz die Augen.

Auch er war, trotz der schönen Zeit, wieder froh, zu Hause zu sein.

Kapitel 2

„Also, ich verbringe meinen letzten Urlaubstag heute definitiv auf dem Rücken von *Lohengrin*", sagte Kate und trank ihren Kaffee aus.

„Du Glückliche", murmelte Mike und stand vom Frühstückstisch auf.

Sie lächelte ihn an. „Tu bloß nicht so, du bist doch froh wieder dein geliebtes Polizeipräsidium von innen zu sehen", neckte Kate ihn und streckte sich.

„Siehst du, ich habe kompetente Mitarbeiter und kann es mir leisten erst morgen aufzukreuzen."

Lachend schüttelte Mike den Kopf, dann gab er ihr einen Kuss.

„Viel Spaß heute", sagte er und sie hörte noch, wie die Tür ins Schloss fiel.

Mike fuhr Richtung Freiheitsstraße und musste noch immer lächeln. Es war eine tolle Zeit in den Staaten gewesen, aber Kate hatte recht, er war auch froh, wieder arbeiten zu können. Bewusst hatte er sich auch gestern nach ihrer Ankunft nicht zurückgemeldet, sondern trat heute Morgen einfach den Dienst an.

Er fuhr auf den Parkplatz und sah nach rechts.

Dort parkte immer Marianne Jägers Ford. Vielleicht war sie heute zu Fuß gekommen oder ihr Mann hatte sie gefahren. Er ging in sein Büro, um seine Jacke abzulegen, als ihm schon auf dem Flur Frieder Lein entgegenkam.

„Hallo, Mike. Wieder im Lande? Wie war`s?"

Mike nickte ihm zu. „Bis auf den Flug, sehr schön."

Der Kriminalanwärter grinste etwas. Er kannte inzwischen Mikes Aversion gegen das Fliegen.

„Frieder, sagst du bitte gleich Marianne Bescheid, wegen der Übergabe? In zehn Minuten im Beratungsraum?"

Der junge Mann sah ihn achselzuckend an.

„Marianne ist nicht da."

Erstaunt sah Mike auf seine Uhr. Kurz vor 8.00 Uhr? Um diese Zeit war Marianne immer längst da und hatte Kaffee gekocht, das war so ein Ritual, das sich in all den Jahren eingebürgert hatte.

„Naja, sie wird bestimmt gleich kommen", sagte Frieder, aber Mike zog sein Smartphone aus der Tasche. Keine Nachricht von ihr. Hoffentlich war sie nicht krank und gleich zum Arzt gegangen? Aber selbst da hätte sie ihm eine Nachricht hinterlassen.

Er beschloss noch etwas zu warten und dann anzurufen. In diesem Moment klingelte sein Telefon.

„Herr Hauptkommissar? Hier ist der Ehemann von Frau Kommissarin Jäger für sie", sagte die diensthabende Beamtin.

„Schicken sie ihn hoch", sagte Mike und legte auf. Er hatte plötzlich ein ungutes Gefühl.

In diesem Moment kam bereits Torben Jäger um die Ecke gebogen. Er war ein großer, kräftiger Mann, der durchaus Omar Amri Konkurrenz machen konnte, bewegte sich aber, im Gegensatz zu diesem, viel und gern. Er war der Typ Naturbursche, wie seine beiden Söhne, die darin ihrem Vater ähnelten.

Jetzt wirkte Torben Jäger eher verstört, als er an Mike

herankam.

„Marianne ist verschwunden", sagte er atemlos und Mike zog ihn in sein Büro.

„Setz dich erst einmal", sagte er und nahm dann dem Mann seiner Kollegin gegenüber Platz.

„Was ist passiert?", fragte er betont ruhig und sah, wie Torben Jäger seine großen Hände fest ineinander presste. Dann holte er tief Luft und sah Mike an.

„Sie hat sich gestern Abend mit einer ehemaligen Bekannten getroffen, die früher einmal in Plauen gewohnt hat."

Er atmete wieder tief ein und aus. „Ich war gestern in Leipzig bei Niels, unserem Jüngsten. Ich hatte ihm in seiner Studentenbude ein bisschen geholfen, das eine und andere aufzubauen. Als ich zurückkam, war es schon nach Mitternacht und da wollte ich Marianne nicht stören. Ich weiß doch, dass sie früh raus muss. Also habe ich mein Auto unter den Carport gestellt, weil ich dachte, ihr Ford steht in der Garage und habe im Kinderzimmer geschlafen."

Mike wusste aus Mariannes Erzählungen, dass dies öfter der Fall war, wenn ihr Mann spät nach Hause kam.

Torben Jäger räusperte sich.

„Ich wollte sie dann heute mit einem Frühstück überraschen, bin also zeitig aufgestanden, habe den Tisch gedeckt und als ich sie wecken wollte, war das Bett unberührt. Ich bin gleich in die Garage, ihr Auto ist auch nicht da und ihr Smartphone ist ausgeschaltet."

Jetzt war auch Mike alarmiert. Das Marianne vielleicht bei ihrer Bekannten übernachtet hatte, wäre ja noch im Bereich des Möglichen gewesen, aber nicht, dass sie ihr Smartphone ausschaltete.

„Hast du die Adresse der Bekannten von Marianne?", fragte er jetzt, aber Torben Jäger schüttelte den Kopf. „Ich weiß ja nicht mal deren Namen. Ich habe einfach nicht richtig zugehört." Er schüttelte immer wieder den Kopf.

Mike stand auf und klopfte ihm auf die Schulter.

„Vielleicht war es ihr auch gar nicht so wichtig und darum hat sie es dir gegenüber nicht erwähnt, wer diese Bekannte ist. Ich lasse jetzt ihr Smartphone orten und sage den Kollegen Bescheid, sie sollen nach ihrem Auto Ausschau halten. Geh nach Hause, vielleicht ist sie schon auf dem Weg dorthin."

Mike klang optimistischer, als er tatsächlich war, aber Torben Jäger nickte und erhob sich schwerfällig.

„Du benachrichtigst mich?", fragte er noch einmal vorm hinausgehen und Mike nickte. „Aber natürlich." Kaum war er allein, griff Mike zum Telefon. Noch ehe er wählen konnte, kam Frieder Lein zur Tür hereingestürzt.

Alarmiert sah Mike auf. „Mariannes Ford wurde auf dem Elsterpark- Parkplatz gefunden."

„Und?", fragte Mike.

Er sah, wie Frieder schluckte.

„Keine Spur von Marianne, aber das Auto ist offen und..." Er holte tief Luft.

„Der Fahrersitz ist voller Blut."

Mike hatte das Blaulicht auf seinen BMW gesetzt und raste Richtung Elsterpark. Alle möglichen Szenarien gingen ihm durch den Kopf. Mit quietschenden Reifen bog er in das Einkaufscenter ab, dessen oberen Parkplatz man hastig abgesperrt hatte.

Die Polizei leitete potenzielle Kunden mit ihren Autos auf den unteren Parkplatz um, sodass der obere Teil gesperrt und auch von innen nicht zugängig war. Nichtsdestotrotz hatten sich einige Gaffer an der Innentür versammelt und starrten, die Augen mit den Händen abschirmend, durch das Glas der verschlossenen Automatiktür.

Mike war aus dem Auto gesprungen und kroch durch das Absperrband. Karsten Windisch hatte bereits sein Team vor Ort und kniete vor der offenen Fahrertüre des Ford. Als er Mike sah, gab er ihm ein Zeichen stehen zu bleiben und erhob sich dann.

Er wechselte ein paar Worte mit einem Mitarbeiter, dann trat er zu Mike. „Hallo. Na, das ist ja ein Schock nach deinem Urlaub."

Als dieser nur stumm nickte, deutete der Leiter der Spurensicherung auf das Auto.

„Wir lassen es zu uns bringen. Erst einmal eine Grobeinschätzung. Der Fahrersitz ist blutverschmiert, besonders die Kopflehne. Die hintere Scheibe ist eingeschlagen, es könnte so gewesen sein, dass der Täter die Fahrertür öffnen wollte, aber die Fahrerin…"

Er räusperte sich und holte tief Luft.

„Also Marianne, die Gefahr erkannt und sich eingeschlossen hatte. Er hat die hintere Scheibe eingeschlagen, die Tür geöffnet, ist hinten eingestiegen und hat sie niedergeschlagen."

Mike runzelte die Stirn. „Wieso niedergeschlagen?"

Karsten Windisch deutete zum Auto.

„Das Blut ist so verteilt, dass es einer Kopfplatzwunde entspricht, eher keinem Messerstich."

Als er sah, das Mike erleichtert aufatmete, schüttelte er den Kopf.

„Wie gesagt, dass alles unter Vorbehalt. Wir nehmen das Auto mit, sowie wir die Spuren um den Tatort gesichert haben."

Mike nickte und trat zu einem der Beamten.

„Haben sie irgendwo eine Spur zum Verbleib von Kommissarin Jäger?"

Der Angesprochene, ein bereits älterer Kollege, schüttelte den Kopf. Ihm war anzusehen, wie ihn die Sache mitnahm. Sicher kannte auch er Marianne seit vielen Jahren.

„Nein. Leider ist die einzige Überwachungskamera laut Centermanager defekt." Mike deutete auf Karsten Windisch und der Beamte nickte.

„Ich habe es ihm bereits gesagt, ein Kollege schaut sie sich an, ob sie vielleicht im Vorfeld manipuliert worden ist."

Inzwischen war nicht nur Frieder Lein eingetroffen, eben hielt das Auto von Peter Kögler, dem ersten Polizeihauptkommissar und Leiter des Revier Plauen und damit Mikes Vorgesetzen. Dieser ging ihm gleich entgegen. Ohne sich lange mit einer Vorrede aufzuhalten, gab Mike ihm einen Überblick zur Lage.

Kögler holte so tief Luft, das sein Jackett zu platzen drohte.

„Gut", sagte er. „Oder auch nicht. Fordern sie die Hundestaffel an. Wir müssen davon ausgehen, dass Kommissarin Jäger entführt wurde."

Mike war sich noch im Unklaren darüber, ob er jetzt Torben Jäger informieren sollte. Einerseits war ihm bewusst, dass sich irgendwelche Gerüchte sehr schnell über die Kanäle von Facebook und Co. verbreiten würden, andererseits wollte er Mariannes Mann nicht in zusätzliche Panik versetzen. Außerdem war es ihm wichtig, hier vor Ort zu sein und den Einsatz zu koordinieren. Jemand anderen, einen ihm Fremden, wollte er Torben allerdings auch nicht zumuten.

Peter Kögler, der etwas abseits einige Telefonate getätigt hatte, stand plötzlich wieder neben ihm.

„Wenn sie nichts dagegen haben, werde ich Herrn Jäger auf den aktuellen Stand bringen. Ich denke, das ist das Mindeste, was wir für ihn tun können. Ich habe bereits einen Psychologen geordert, der mich begleitet."

Mike schaute seinen Vorgesetzten verblüfft an, als habe dieser seine Gedanken gelesen, dann nickte er erleichtert.

„Danke", sagte er nur knapp und Kögler nickte.

„Was immer sie brauchen, rufen sie mich an."

Dann ging er zu seinem Wagen. In diesem Moment trafen zwei Fahrzeuge mit den Hunden ein.

Erleichtert ging Mike zu ihnen, als der ältere Beamte

auf ihn zu gerannt kam.

„Herr Hauptkommissar, eine leblose Person wurde aufgefunden, nahe Kleinfriesen."

Mike schloss für einen Augenblick die Augen, dann wandte er sich an den Hundeführer.

„Ich fahre schnell hin und gebe ihnen dann Bescheid."

Im Laufschritt rannte er zu seinem Auto, schaltete das Blaulicht ein und raste los.

„Lass es nicht Marianne sein", murmelte er immer und immer wieder gebetsmühlenartig vor sich hin und spürte, wie seine Hände kälter wurden, je mehr er das Lenkrad umklammerte. Er zuckte zusammen, als sein Smartphone klingelte und er sah Kates Nummer.

„Ja", sagte er ungewöhnlich kurz angebunden, aber wenn jemand das verstehen würde, dann sie.

„Was ist mit Marianne?", fragte diese sofort und Mike schüttelte unwillkürlich den Kopf. Woher wusste sie das schon? Steven, war sein erster Gedanke. Der Computernerd, der für Kates Schulz Security arbeitete, konnte sich zu jeder Zeit in den Polizeicomputer hacken.

„Torben hat mich angerufen", sagte sie, als könne sie seine Gedanken lesen. Mein Gott, war er heute von Hellsehern umgeben?

„Warum?", fragte er, biss sich aber gleich auf die Lippen. So eine dämliche Frage.

„Weil seine Frau verschwunden ist und ich sofort alle verfügbaren Leute zusammengetrommelt habe", sagte Kate ruhig.

„Sie ist nicht verschwunden, sie wurde wahrscheinlich entführt."

Eine Weile war Stille in der Leitung.

„Mist", sagte Kate schließlich. „Habt ihr schon eine Spur?"

Mike bog um eine Ecke und näherte sich dem Ziel, denn er sah Blaulicht durch einiges Gebüsch leuchten.

„Man hat eine leblose Person gefunden. Ich bin gerade vor Ort", sagte er und hörte Kate am anderen Ende leise aufstöhnen.

„Ruf mich an, wenn du kannst", sagte sie schließlich und legte auf.

Mike war auch in dieser Ausnahmesituation dankbar, mit einer ehemaligen FBI-Agentin verheiratet zu sein. Keine unnützen Diskussionen oder Fragen.

Er hielt an und stieg langsam aus seinem Auto. An einem dichten Gehölz stand ein Rettungswagen mit Blaulicht, daneben der Notarztwagen.

Mike holte tief Luft. Das war doch ein gutes Zeichen?

Als er gerade auf einen der Beamten zugehen wollte, sah er, wie sich das Gebüsch teilte und eine hünenhafte Gestalt auf der kleinen Lichtung erschien.

Mike musste sich unvermittelt an seinem Wagen festhalten und schloss für eine Sekunde die Augen.

Professor Doktor Omar Amri, leitender Pathologe und Rechtsmediziner, war bereits vor Ort.

Kapitel 3

Mike sah, wie Omar auf ihn zukam und war wie gelähmt. Der Pathologe deutete seine Miene wohl richtig, denn er beschleunigte seinen Schritt.

„Es ist Marianne", sagte er und legte Mike die Hand auf die Schulter.

Mike schossen ungewollt die Tränen in die Augen. Er hatte so viele Jahre mit Marianne zusammengearbeitet, sie kannten sich auch privat, aber besonders hatte er ihre warmherzige, mütterliche Art geschätzt, die so manche Situation deeskaliert hatte. Und jetzt das. Mit der Hand fuhr er sich über die Augen und sah Omar an. Der deutete zum Gebüsch, wo gerade zwei Notfallsanitäter mit einer Trage herauskamen, der Notarzt hielt eine Infusionsflasche.

Mike runzelte die Stirn. „Wer ist das?", fragte er mit etwas brüchiger Stimme und räusperte sich.

„Marianne, sie ist sehr schwer verletzt und bewusstlos", antwortete Omar, während er dem Notarzt zunickte.

Mike starrte den Pathologen an. „Sie lebt? Aber du…" Omar winkte ab. „Kate hatte mich informiert und als die Meldung mit einer leblosen Person einging, bin ich sofort hierhergefahren. Aber sie hatte noch Puls, der Notarzt hat sie stabilisiert und jetzt kommt sie in die Klinik."

Mike atmete aus und es klang, als ließe man Luft aus einem prall gefüllten Luftballon.

„Gott sei Dank", sagte er, aber Omar schüttelte den

Kopf.

„Es tut mir leid, aber ich sage es dir lieber gleich. Es sieht nicht gut aus."

Dann klopfte er ihm auf den Rücken. „Ich fahre jetzt rüber in die Klinik. Ich denke, du solltest die Spurensicherung rufen und der Zeuge, der sie gefunden hat, sitzt da vorn. Keine Ahnung, wie sie hierhergekommen ist."

Er nickte Mike noch einmal zu und stieg in seinen SUV. Mike atmete zwei Mal tief ein und aus, dann rief er seinen Chef an, um ihn auf den neusten Stand zu bringen. Es war gut, dass dieser gerade bei Torben Jäger war.

Dann rief er Karsten Windisch an.

„Hm", brummte der. „Wir sind zwar hier noch nicht fertig, aber das Auto haben wir schon abtransportiert. Kann Marianne uns etwas sagen, was vorgefallen ist?"

Mike schüttelte den Kopf und merkte erst dann, dass der Leiter der Spurensicherung ihn ja nicht sehen konnte. „Nein, so schnell nicht. Wenn überhaupt jemals." Er hörte, wie Karsten seufzte.

„Scheiße", sagte der in seiner direkten Art. „Gut, ich komme."

„Ach und Karsten, sag doch den Kollegen, sie sollen trotzdem die Hunde auf die Spur ansetzen. Ich würde gerne wissen, wie und auf welchem Weg Marianne hierhergebracht wurde."

Dann legte er auf und wandte sich an den Zeugen, einen sportlichen Mann Mitte dreißig in Laufoutfit.

„Das ist meine tägliche Runde und normalerweise schaue ich nicht in dieses Gestrüpp, aber ich sah etwas aufblitzen und da habe ich angehalten. Ich denke mal, es war die Uhr der Frau, als die Sonne reinschien. Ich bin also hin und sah die Frau liegen."

Er schüttelte den Kopf.

„Es war ja an ihrem Kopf überall Blut, ich dachte also, sie ist gestürzt. Dann habe ich sie angesprochen und angefasst, aber sie war kalt und ich habe auch keinen Puls gefühlt. Ich habe sofort die Polizei und den Rettungswagen gerufen und bin bei ihr geblieben."

Mike sah sich um. Das hier war eine ziemlich einsame Strecke.

„Ist ihnen etwas aufgefallen? Ein Auto, Personen?"

Der Mann schüttelte vehement den Kopf.

„Nein. Hier bin ich immer weitgehend allein, darum reizt die Strecke mich so. Es war nichts anderes als sonst."

Mike nickte und reichte ihm die Hand.

„Danke. Vielleicht haben sie durch ihr Handeln meiner Kollegin das Leben gerettet."

Der Mann riss die Augen auf. „Sie ist Polizistin?"

Scheinbar registrierte er jetzt, dass der vermeintliche Sturz auch ein Verbrechen gewesen sein könnte.

„Ja", sagte Mike. „Und bitte, ich möchte nicht, dass das irgendwo auf irgendwelchen Socialmedia Kanälen landet, das wird es auch so noch früh genug."

Der Mann winkte ab.

„Da besteht bei mir wirklich keine Gefahr, solche

Plattformen nutze ich gar nicht."

Er deutete auf einen uniformierten Beamten.

„Er hat meine Daten, falls sie noch irgendeine Auskunft brauchen."

Mike drückte ihm nochmals die Hand.

„Ich denke nicht, aber ich hoffe, meine Kollegin kann sich selbst bei ihnen bedanken."

Der Mann grinste breit. „Das hoffe ich auch."

Dann hob er die Hand und verfiel in einen Trab.

„Also, was ich dir sagen kann, ist, dass Branko die Spur, ohne zu zögern, bis hier her verfolgt hat."

Der Hundeführer tätschelte dem Weimeraner, der einer der besten Man Trailer im Bundesgebiet war und bereits zahlreiche Auszeichnungen erhalten hatte, liebevoll den Kopf.

Mike warf einen Blick hinter sich, wo Karsten Windisch sich mit seinen Leuten akribisch Zentimeter für Zentimeter im Gebüsch voran arbeitete. Alle gaben immer ihr Bestes, aber heute, wo eine Kollegin schwerstverletzt war, gab jeder über 100%.

Dann sah er wieder den Hundeführer an. „Das bedeutet im Klartext, sie ist nicht mit einem Wagen hergefahren worden?"

Der junge Mann schüttelte den Kopf. „Nein. Wir haben auch in bestimmten Abständen getrocknetes Blut gefunden."

Mike sah sich eine Weile um. „Aber sie kann doch unmöglich diese Strecke gelaufen sein, nicht mit diesen Verletzungen", sagte er und sah den Hundeführer eindringlich an.

Der zuckte die Schultern. „Das musst du die Mediziner fragen."

Er reichte Mike die Hand. „Ich hoffe, Marianne geht's bald besser", sagte er und deutete seinem Hund, das sie gehen würden. Blitzschnell erhob sich dieser und stellte sich neben ihn.

„Tschüss, Falk und danke." Mike nickte ihm zu und ging zu den Mitarbeitern der Spurensicherung.

Karsten Windisch strich sich gerade den Schweiß von der Stirn. Inzwischen war es ziemlich warm geworden und nach dem langen und kalten Winter war die Umstellung für die meisten Menschen einfach zu abrupt.

Karsten nahm sich eine Flasche Mineralwasser und trank.

„Also, hier sind natürlich wieder allerhand Leute herumgetrampelt. Notarzt, Rettungssanitäter, unser lieber Omar, der junge Mann, der Marianne gefunden hat. Aber, es sieht so aus, als sei sie von rechts oben gekommen", sagte er, nachdem er die Flasche abgesetzt hatte.

Er deutete Mike, ihm zu folgen und sie gingen einen schmalen Trampelpfad hinauf, wo überall kleine Schilder der Spurensicherung im feuchten Schlamm steckten. Karsten stoppte so abrupt, dass Mike fast auf ihn aufgelaufen wäre.

Der Leiter der Spurensicherung zeigte nach oben.

„Hier kam sie herunter und hier", er deutete auf eine Vertiefung im Schlamm. „Hier ist sie dann ausgerutscht und gestürzt, erst auf die Knie und dann zur Seite. Sie kollerte förmlich den Hang herunter und mitten in das Gebüsch hinein."

Mike folgte dem ausgestreckten Arm Karstens mit seinen Blicken. „Und sie war allein?", fragte er ungläubig und Karsten nickte. „Keine weiteren Spuren, weder weiter oben noch weiter unten."

Langsam gingen sie wieder hinunter.

„Ich werde mich jetzt über Mariannes Auto machen,

hier ist, glaube ich, nicht mehr viel zu holen, obwohl Fabian noch weitersuchen und sichern wird. Marlene ist mit ihrer Truppe derweil noch am Elsterpark im Einsatz."

Sie waren inzwischen unten angekommen und der Leiter der Spurensicherung legte Mike die Hand auf den Arm.

„Glaub mir, wir drehen jeden Stein zweimal und notfalls auch fünfmal um. Wenn es etwas zu finden gibt, finden wir es. Das sind wir Marianne schuldig."

Mike nickte und ging zu seinem Auto. Er zog sein Smartphone aus der Tasche und rief Kate an.

„Marianne lebt", sagte er, nachdem sie abgehoben hatte.

„Ich weiß, Omar hat es mir gesagt", sagte sie. „Aber danke das du mich anrufst."

Er schloss inzwischen sein Auto auf und ließ sich hinter das Lenkrad fallen.

„Ich fahre jetzt in die Klinik. Hoffentlich ist es nicht zu schlimm", sagte er.

Kapitel 4

Einen Vorteil hatte sein Beruf zumindest, er musste nicht lange nach einem Parkplatz auf dem Klinikgelände suchen. Mit Blaulicht auf dem BMW und einer Identifikationskarte stellte er es im Parkverbot ab, nur darauf bedacht, keine Rettungswege zu blockieren. Er eilte auf die Intensivstation, in dessen Vorraum Torben Jäger hin und herlief. Auf ziemlich unbequem aussehenden Stühlen saßen Finn und Niels Jäger, die beiden Söhne, die unglaublich schnell hier eingetroffen waren.

Torben eilte auf Mike zu, als er ihn sah. „Wisst ihr schon etwas?"

Mike schüttelte den Kopf. „Alle arbeiten auf Hochtouren." Dann deutete er in Richtung der Eingangstür zur Intensivstation. „Gibt es etwas Neues?"

Torben schluckte hörbar. „Der Neurochirurg ist vorhin gekommen und Omar ist auch da."

Mike klopfte Torben auf die Schulter, nickte Finn und Niels zu, die ihn, so empfand er es, erwartungsvoll ansahen und klingelte an der Tür. Als eine Schwester öffnete und er sich auswies, hörte er bereits Omars dröhnende Stimme im Hintergrund, der sich mit jemand zu streiten schien.

Mike sah die Schwester stirnrunzelnd an. Diese verdrehte die Augen etwas nach oben.

„Der Professor ist in Hochform", sagte sie leise und deutete Mike, in das Dienstzimmer zu gehen.

Als Mike eintrat, stand sich Omar einem deutlich kleineren Mann im weißen Kittel gegenüber und schaute mit zorngerötetem Gesicht auf diesen herab, was jenen nicht sonderlich zu beeindrucken schien, denn auch sein Gesicht wies eine erhebliche Zornesröte auf. Etwas abseits stand eine jüngere Ärztin, die den Schlagabtausch eher amüsiert zu verfolgen schien.

Mike trat an diese heran und zeigte ihr seinen Ausweis. „Um was geht es?", fragte er leise und deutete auf die beiden Männer.

„Kompetenzstreitigkeiten", murmelte diese und zuckte leicht die Achseln.

„Professor Doktor Waldemar Kempinski ist der führende Spezialist auf diesem Gebiet und er wird in Kürze hier eintreffen und Frau Jäger untersuchen und vorher tun sie gar nichts. Die Kollegin Welsch hat die Patientin so weit stabilisiert, also kann ein Eingriff auch noch eine Stunde warten", dröhnte Omars Stimme durch alle

Räume.

Mike klingelten davon regelrecht die Ohren und er sah, wie neben ihm die junge Ärztin zusammengezuckt war.

„Sie überschreiten eindeutig ihre Kompetenzen, Herr Professor und mäßigen sie bitte ihre Stimme", sagte jetzt sein Kontrahent, auf dessen Namensschild Mike *OA Dr. A. Engler- Neurochirurg* las.

„Erstens spreche ich so laut wie ich es für richtig befinde, zumal sie ja nicht zu verstehen scheinen was

ich sage und was das Überschreiten der Kompetenzen angeht, das ist mir, Herr Kollege, mit Verlaub
scheißegal. Hier geht es um das Leben einer überaus
kompetenten Polizistin und persönlichen Freundin
von mir. Und wenn ich die Möglichkeiten
habe…"

„Nur weil Professor Kempinski ihr Studienfreund
ist…"

Mike deutete der Ärztin mit ihm nach draußen zu
kommen und schloss die Tür hinter sich. Er sah ihr
Namenschild. „Frau Doktor Welsch?"

Diese nickte.

„Wie geht es meiner Kollegin?"

Die Intensivmedizinerin holte Luft.

„Wir konnten Frau Jäger stabilisieren, aber der Hirn-
druck steigt wieder. Noch haben wir es einigermaßen
im Griff, aber sie muss dringend operiert werden. In
diesem Zustand ist sie nicht transportfähig und da
hat Professor Amri seinen alten Studienfreund, Professor Kempinski, angefordert. Der kommt in Kürze.
Ich weiß nicht, wie er das gemacht hat, aber es ist ein
absoluter Glücksfall. Er ist einer der renommiertesten
Neurochirurgen weltweit, auch wenn Doktor Engler
jetzt ziemlich…" Sie schluckte den Rest des Satzes
hinunter.

Mike musste, trotz der angespannten Situation, lächeln.

„Das ist wohl in allen Hierarchien gleich", sagte er
und die Ärztin lächelte.

„Bei Medizinern dürfen sie das gern verdoppeln,

Herr Hauptkommissar", sagte sie und zwinkerte ihm zu.

In diesem Moment klingelte es wieder an der Tür und als die Schwester öffnete, hörte Mike nur eine sehr angenehme Stimme

„Kempinski mein Name, ich werde wohl erwartet."

Frau Doktor Welsch ließ Mike stehen und eilte dem Angekommenen entgegen.

„Herr Professor", hörte Mike noch und schüttelte etwas den Kopf. Dann verließ er die Station.

Als Mike den Warteraum betrat, ploppte gerade der Fahrstuhl und als die Tür sich öffnete, kamen Jasmin und Kate heraus. Erstere steuerte geradewegs auf Torben Jäger zu und in ihrer herzlichen, empathischen Art schloss sie ihn spontan in die Arme, was sich der Riese wortlos gefallen ließ.

Kate ging derweil, nachdem sie Mike zugelächelt hatte, zu Niels und Finn. Leise redete sie auf die beiden jungen Leute ein und Mike sah, dass diese abwechselnd nickten. Schließlich kam Omar aus der Tür der Intensivstation und ging zu Torben.

Dieser sah ihn geradezu flehentlich an. „Und?", fragte er. „Professor Kempinski ist jetzt da. Er berät sich mit den behandelnden Ärzten und dann wird er operieren." Mariannes Mann atmete mit geschlossenen Augen aus. „Danke, Omar, danke." Er ergriff die Hand des Pathologen und schüttelte sie.

Dieser umarmte Torben spontan. „Sie ist in den besten Händen, Torben. Du solltest jetzt nach Hause gehen, das alles kann noch Stunden dauern. Wir halten dich auf dem Laufenden", ergänzte er noch, als Mariannes Mann etwas einwenden wollte. Inzwischen waren auch seine beiden Söhne neben ihn getreten.

„Paps, komm, wir fahren jetzt heim", sagte Niels und deutete auf seinen älteren Bruder. „Finn bleibt hier und ich löse ihn dann ab. Einer von uns bleibt immer in der Nähe von Mutti. Aber du brauchst jetzt etwas Ruhe."

Torben Jäger schien zu zögern, als Kate ihm am Arm nahm. „Niels hat recht, leg dich etwas hin, nur

ausruhen. Hier kannst du jetzt wirklich nichts tun."
Nachdem der Angesprochene alle angesehen hatte,
die zustimmend nickten, seufzte er auf.

„Gut. Dann komm, Niels."

Mit hängendem Kopf ging dieser, begleitet von seinem Sohn, zum Fahrstuhl.

Mike sah Omar an. Der nickte in Richtung Intensivstation.

„Auch wenn der Kollege Engler mich wohl gern ver-
bannen würde, dass hier ist nicht seine Station und
ich bleibe, auch wenn ich effektiv nichts tun kann."

Er küsste seine Frau auf die Wange, lächelte den an
deren Anwesenden zu und verschwand mit wehen-
dem Kittel hinter der Tür der Intensivstation.

„So", sagte Kate. „Und was tun wir?"

Mike holte Luft. „Ich werde schauen, was Karsten
mit seinen Leuten herausgefunden hat."

„Etwas dagegen, wenn ich mitkomme?", fragte sie
und hielt Jasmin ihren Wagenschlüssel hin.

Er schüttelte den Kopf. „Ich denke, deine Sichtweise
auf die Sache könnte uns sehr von Nutzen sein."

Jasmin schwenkte Kates Autoschlüssel hin und her.

„Gut, dann fahre ich ihn bei euch unter den Carport.
Tschüss", sagte sie und ging zum Fahrstuhl.

Kate sah zu Finn Jäger, der ziemlich verlassen in dem
Raum saß.

Als er ihre Blicke bemerkte, sah er sie und Mike an.

„Ihr bekommt den Kerl, der das getan hat, ja?"

Während Mike die Luft anhielt, ging Kate zu ihm hin,
drückte seine Schulter und sagte schlicht: „Ja, das tun

wir."

Dann folgte sie Mike zum Fahrstuhl.

„Das war ziemlich gewagt", meinte Mike, als sie in sein Auto gestiegen und vom Krankenhausgelände gefahren waren.

„Nein", sagte Kate ruhig. „Das wäre der erste Fall hier in Plauen, den wir nicht aufklären. Außerdem sind wir das Marianne schuldig."

Sie lehnte sich zurück und sah aus dem Fenster.

„Hm", murmelte Mike. „Vielleicht wacht sie ja eher auf als wir denken und kann uns sagen, was passiert ist." Als Kate nicht antwortete, sah er zu ihr hin.

„Du glaubst es nicht?", fragte er leise. Sie wog langsam den Kopf hin und her. „Ich hatte mit einigen Opfern zu tun, die schwer Schädelverletzt waren. Selbst wenn sie überlebt haben, fast niemand konnte sich an die Tat selbst erinnern. Oft gab es nicht einmal ausschließlich neurologische Ursachen dafür. Gewaltopfer erinnern sich deshalb häufig nicht, weil sich damit die eigene Psyche schützt. Schließlich zuckte sie die Schultern. „Aber vielleicht irre ich mich auch in Bezug auf Marianne."

Sie lächelte plötzlich. „Weißt du, auch wenn sie immer so ruhig und mütterlich erscheint, sie kann verflixt stur und zäh sein."

Mike lachte, aber es klang gepresst.

„Ja, das stimmt."

Kate griff hinüber zu ihm und strich über seinen Arm. „Sie schafft das, glaube mir", sagte sie leise.

Im Polizeipräsidium ging es zu wie in einem Ameisenhaufen. Jeder, von der Verwaltungsangestellten bis zur Reinigungskraft wusste inzwischen, was geschehen war und es zeigte auch, was für eine beliebte Kollegin Marianne Jäger war.

Mike wurde gefühlte zehn Mal allein auf dem Weg in den Beratungsraum angesprochen. Dort hatten sich inzwischen Karsten Windisch als Leiter der Spurensicherung und Frank Keilwert, der Hauptkommissar des Fachbereich Internetkriminalität eingefunden.

Sie begrüßten Mike und Kate.

„Omar ist übrigens online zugeschaltet", sagte Karsten und stellte den Bildschirm für alle einsehbar hin. Dann nahm Karsten sein Tablet. „Also, wir haben das Auto so weit untersucht und…"

Er wurde durch ein Klopfen unterbrochen und Peter Kögler, der Leiter des Reviers, trat mit einer Frau ein. Sie war um die vierzig Jahre alt, mittelgroß und sportlich schlank. Der kurze, leicht brünette Pagenschnitt und eine auf der Nasenspitze sitzende schmale Brille verliehen ihr eine strenge Aura, die durch ihre Mimik noch verstärkt wurde.

Sie trat neben den ersten Polizeihauptkommissar und musterte jeden der Anwesenden mit einem eindringlichen Blick. „Das ist Hauptkommissarin Casta Meinike vom LKA."

Mike erhob sich und reichte ihr die Hand, die sie nach einem kurzen Stirnrunzeln ergriff.

„Hauptkommissar Mike Köhler, der leitende Ermittler", stellte Kögler ihn vor. Damit schien er klar stellen zu wollen, dass die Ermittlungen in Mikes Hand bleiben würden, LKA hin oder her. Auch die Beamtin schien das zu verstehen, reagierte aber nicht darauf. Da sie schwieg, stellte Kögler auch die anderen Anwesenden, einschließlich Omar am Bildschirmvor.

„Da es sich um einen Angriff, wahrscheinlich mit Tötungsabsicht, auf eine Polizeibeamtin handelt, wird das LKA die Ermittlungen…" Sie stockte kurz und ergänzte dann. „Diese Ermittlungen begleiten."
Sie sah sich um und nahm neben Kate Platz.
Kögler zögerte einen kurzen Augenblick, dann setzte er sich neben Mike und nickte Karsten Windisch zu.
„Ich hatte sie unterbrochen, bitte, fahren sie fort."
Dieser räusperte sich.
„Also, die Spurenlage stellt sich wie folgt dar. Marianne saß auf dem Fahrersitz. Jemand, der Handschuhe getragen haben muss, klopfte ziemlich heftig an das Fenster auf ihrer Seite. Sie hat nicht geöffnet, danach schlug der Täter die Scheibe an der Rückbank ein, entriegelte die Tür und schlug auf Marianne ein."
„Viel Aktionsrahmen hatte er dabei nicht", meinte Kate, was ihr einen Blick der LKA-Beamtin einbrachte, den sie ignorierte.
„Nun", sagte jetzt Omar via Chat. „Sie hat auch Verletzungen auf der linken Kopfseite. Sie wollte also raus aus dem Auto, aber der Täter war schneller."
„Können sie das verifizieren?", unterbrach ihn die LKA-Beamtin.
„Ihr Schädel ist schwerstverletzt, das ist lediglich erst

einmal eine Theorie über den möglichen Tather-
gang." Omars Stimme klang mehr als nur leicht genervt.

„So", bemerkte Casta Meinike und lehnte sich wieder
zurück.

„Ja, so", kam es brummend aus dem Lautsprecher.
Kate biss sich auf die Lippe. Omar musste einfach das
letzte Wort haben, was die LKA-Beamtin nicht sonderlich zu beeindrucken schien.

Kasten Windisch beugte sich leicht nach vorn.

„Da ist noch eine Sache. Auf dem Beifahrersitz haben
wir Haare gefunden, lange schwarze Haare. Das lässt
darauf schließen, dass Marianne nicht allein im Auto
war."

„Diese Haare können auch länger auf dem Beifahrersitz sein. Kommissarin Jäger ist doch sicher nicht immer allein gefahren?", bemerkte die LKA- Beamtin.
Jetzt wandte sich Karsten ihr zu. „Wenn sie mich
bitte ausreden lassen würden", sagte er ruhig.

Als die Angesprochene nickte, fuhr er fort.

„Weder Torben Jäger noch seine Söhne haben
schwarze Haare und auch Mariannes Freundin in
Bernsgrün ist brünett." Er sah zu Mike. „Ich habe sie
angerufen und ihr auch gesagt, dass ihr sicherlich
vorbeikommt, um mit ihr zu sprechen. Sie weiß also
Bescheid."

Dieser nickte.

„Und dann haben wir uns die Haare genauer angesehen." Karsten lud das Bild an der interaktiven Tafel
hoch.

Kate stand auf und ging etwas näher heran. „Das ist ein Haar aus einer Perücke", sagte sie und Karsten blinzelte ihr anerkennend zu.

„Ich wusste, dass du es gleich erkennst", sagte er und lehnte sich zurück. „Jetzt ist doch die Frage, wer ist die Frau mit der schwarzen Perücke? Hat Marianne sie gekannt? Hat sie etwas mit dem Überfall zu tun? Im Übrigen hat Annegret Bücher. Mariannes Freundin aus Bernsgrün, mir gesagt, dass sie niemand aus dem Umfeld von Marianne kennt, der eine Perücke trägt. Torben kennt übrigens auch niemand."

Die LKA-Beamtin maß den Leiter der Spurensicherung mit einem langen Blick. „Ist es üblich, dass sie Befragungen durchführen?", fragte sie Karsten und Kate senkte etwas den Kopf. Das war nicht klug, das war gar nicht klug.

„Kann ich sie bitte kurz sprechen?", fragte Peter Kögler Mike, als die Beratung zu Ende war und die LKA-Beamtin schnurstracks in dem ihr zugewiesenen Büro verschwand.

Mike folgte seinem Vorgesetzten.

„Ich wollte auch gerade um ein Gespräch bitten", sagte er, als dieser die Tür seines Büros hinter ihnen geschlossen hatte. Kögler seufzte auf und deutete Mike, sich zu setzen.

„Also, das mit Hauptkommissarin Meinike war nicht meine Idee, das kam…"

„Von ganz oben", ergänzte Mike und nickte verstehend.

Kögler wog den Kopf hin und her.

„Obwohl ich es schon sehr seltsam finde, dass das LKA so schnell den Fall an sich reißen wollte. Aber das habe ich gleich abgeblockt. Kooperation ja, aber die Leitung bleibt bei ihnen."

Mike sah ihn an.

„Danke", sagte er schlicht, aber Kögler winkte nur ab. Dann hob er eine Akte an.

„Da ist noch etwas. Wir beide wussten ja, dass Frau Jäger in den nächsten Jahren in Rente gehen würde, darüber hat sie auch mit mir gesprochen und auch den Wunsch geäußert, bei ihrer Nachfolge ein Wort mitreden zu können." Er lächelte etwas. „Sie wollte wohl den richtigen Partner für sie finden."

Als Mike nichts erwiderte, räusperte er sich.

„Nun ist der Fall schneller eingetreten, als wir es uns vorstellen konnten."

Mike schnellte im Stuhl nach vorn.

„Marianne ist schwer verletzt, ja, aber das heißt doch nicht, dass sie nie wieder in den Dienst zurückkehrt." Obwohl er es nicht wollte, klang seine Stimme sehr emotional.

Sein Vorgesetzter hob beschwichtigend die Hand.

„Das will ich damit auch nicht sagen. Keiner wünscht es sich mehr als ich, dass Frau Jäger zurückkehrt. Sie ist eine ausgezeichnete Polizistin."

Er legte die Akte wieder langsam auf den Tisch zurück. „Trotzdem brauchen wir Ersatz. Sie können nicht mit halber Kraft laufen."

Mike machte eine schnelle Bewegung mit der Hand.

„Frieder Lein würde inzwischen…"

Kögler schüttelte den Kopf.

„Er ist Kriminalanwärter und sicher in ein paar Jahren ein guter Kommissar, aber momentan brauchen wir jemand mit Erfahrung und der entsprechenden Qualifikation."

Mike seufzte leise. „Wer ist es?", fragte er mit fatalistischer Ergebenheit.

Kögler reichte ihm die Akte. Als er sie aufschlug, schaute ihm ein sommersprossiges Gesicht entgegen mit blitzenden, ja, schalkhaften Augen.

„Mary Struwe, 31 Jahre. Sie ist Kommissarin, hat bereits in Berlin und Bremen gearbeitet und hat sich bei uns beworben, weil sie ehemals hier aus dem Vogtland stammte. Sie war in Bremen verheiratet, ist aber geschieden. Derzeit pendelt sie noch zwischen Bremen und hier, hat aber eine kleine Wohnung in

Aussicht. Ich würde ihr auch sagen, dass sie, falls Kommissarin Jäger wieder kommt, erst einmal bis zu deren Pensionierung eventuell in eine andere Abteilung versetzt werden würde."

Der Dienststellenleiter sah Mike auffordernd an.

Der nickte. „Es ist ihre Entscheidung", sagte er schließlich und legte die Akte zurück auf dessen Schreibtisch.

Kapitel 5

Mike wollte als Erstes mit Mariannes Freundin in Bernsgrün sprechen, vielleicht wusste diese ja näheres über die Bekannte, mit der sich Marianne getroffen hatte. Er war bereits in Richtung Kauschwitz unterwegs, als sein Handy klingelte.

„Mike, warum habt ihr Mariannes Sachen mitgenommen?" Es war Torben Jäger, und er klang mehr als aufgeregt.

„Welche Sachen denn?", fragte Mike und runzelte unwillkürlich die Stirn. Er hörte ein Schnauben am anderen Ende der Leitung.

„Sprecht ihr euch nicht mehr ab, oder was? Diese LKA-Beamtin war da und hat Mariannes Laptop und unseren PC mitgenommen."

Mike trat unwillkürlich auf die Bremse und war froh, dass niemand hinter ihm fuhr.

„Was?", fragte er und seine Reaktion sagte Torben, der lange genug mit einer Kriminalistin verheiratet war, alles.

„Dann ermittelt das LKA auf eigene Faust? Verdächtigen die etwa Marianne in irgendwelche dubiosen Sachen verwickelt zu sein?"

Mike sah in den Rückspiegel, dann wendete er das Auto.

„Torben, ich kläre das. Gibt es etwas Neues von Marianne?"

„Sie wird gerade operiert."

Es klang verzweifelt, was Mike noch wütender

machte.

„Ich melde mich", sagte er und legte auf.

Er knirschte so heftig mit den Zähnen das es weh tat, als erneut ein Anruf einging. Es war Kate.

„Was gibt es Neues?", fragte sie und Mike erzählte ihr von dem Telefonat mit Torben.

Eine Weile sagte sie nichts, dann fragte sie: „Was machst du jetzt?"

„Na was?", presste Mike zwischen den Lippen hervor, das Kate Mühe hatte ihn zu verstehen. „Ich fahre zurück ins Präsidium und…"

„Mike", unterbrach Kate ihn und ihr Tonfall ließ ihn aufhorchen.

„Mike", sagte sie nochmal, diesmal etwas leiser.

„Du und ich wissen, dass Marianne eine integrere Polizistin ist. Aber als LKA-Beamtin muss Casta Meinike anders denken. Glaub mir, ich hätte zu meinen FBI-Zeiten auch nicht anders gehandelt und daher hatte ich nicht nur einmal Stress bei Ermittlungen in Polizeirevieren. Die Leute dort hielten zusammen und jeder einzelne Cop nahm es als persönlichen Angriff, wenn wir gegen einen Kollegen ermittelten. Manchmal auch nur, um gerade auszuschließen, dass sie nicht in irgendetwas verstrickt waren. Da fielen nicht nur böse Worte, glaub mir."

Sie hörte Mike am anderen Ende schwer atmen.

„Das ist ja alles gut und schön. Aber ich dulde es nicht, dass sie einfach, ohne sich mit mir abzusprechen, in die Ermittlungen eingreift und dann auch noch so. Ich bin der leitende Ermittler."

Noch ehe Kate etwas antworten konnte, sagte Mike: „Ich melde mich wieder. Tschüss", und legte auf.

„Na toll", murmelte diese und stand hinter ihrem Schreibtisch auf.

Das würde Ärger geben, und zwar richtigen Ärger. Casta Meinike hatte sich nicht gerade diplomatisch verhalten und bereits bei ihrer Vorstellung sich den geballten Unmut der ermittelnden Beamten inklusive Omar Amri zugezogen.

Und sie kannte Mike. Meist war er sehr beherrscht, aber wenn es um jemand ging, der ihm nahestand, konnte er auch eine ganz andere Seite zeigen.

„Können sie mir sagen, warum sie, ohne mich zu informieren, Marianne Jägers Laptop konfiszieren und den PC der Familie gleich mit?"

Mike stand wutschnaubend vor dem Schreibtisch von Casta Meinike, der ihr in einem kleinen Büro zugewiesen worden war.

Diese lehnte sich in ihrem Schreibtischsessel zurück und maß Mike mit einem Blick wie eine Schuldirektorin einen Schüler, den sie beim Rauchen auf der Toilette erwischt hatte.

„Ich muss sie darüber nicht informieren, Herr Hauptkommissar Köhler, wenn meinerseits ein Verdacht besteht, dass die Ermittlungen aufgrund von persönlichen Befangenheiten nur sehr einseitig erfolgen."

Mike trat noch näher, aber Casta Meinike wich keinen Millimeter zurück.

„Persönliche Befangenheit, so, so", sagte er und es war ihm anzumerken, wie mühsam er sich beherrschen musste, um nicht Dinge zu sagen, die er anschließend bereuen würde.

„Ja, Herr Köhler, ganz genau. Ich habe bereits hier in der kurzen Zeit meiner Anwesenheit Dinge mitbekommen, von denen ich gar nicht glauben kann, dass es diese gibt."

Sie lehnte sich nach vorn und schaute Mike in die Augen.

„Da gibt es eine externe Beraterin, die zufällig ihre Ehefrau ist und ein eigenes Security-Büro leitet und dort unter anderen einen Computerhacker beschäftigt, der auch schon die Abteilung Internetkriminalität unterstützt hat."

Dabei zeichnete sie Ausrufezeichen in die Luft.

„Dann ein Rechtsmediziner, der sich nicht auf sein Fachgebiet konzentriert, sondern aktiv in die kriminalpolizeilichen Ermittlungen eingreift. Der Leiter der Spurensicherung, der eigenständig Befragungen durchführt. Weiterhin ihre sehr gute Bekanntschaft, oder sollte ich Freundschaft sagen, zu einem Bordellbesitzer. Und da soll ich keine persönliche Befangenheit im Fall Jäger vermuten?"

„Das sollten sie nicht, Frau Meinike", ertönte eine Stimme von der Tür her und sowohl Mike wie auch die LKA- Beamtin wandten sich um.

„Und wer sind sie?", fragte Letztere in scharfem Tonfall.

„Gebhardt, Doktor Gebhardt. Ich bin der leitende Staatsanwalt und habe die Anschuldigungen, die sie eben vorgebracht haben, mehr oder weniger zufällig mit angehört. Ich muss ihnen dazu sagen, dass sie völlig haltlos sind. Hauptkommissar Köhler und sein Team haben, gerade durch ihre inter- und intraprofessionelle Zusammenarbeit, eine Aufklärungsquote von fast 100%, eine Tatsache, die in ihrer Methodik sogar das Interesse des BKA auf sich gezogen hat, als ich vor zwei Wochen dazu in Berlin referierte. Gerade die Unterstützung durch eine ehemalige FBI-Agentin erregte positive Resonanz. Dahingehend würde ich ihnen empfehlen, etwas zurückhaltender zu agieren. Was Frau Kommissarin Jäger angeht, finde ich ihr Verhalten insofern befremdlich, dass sie es so aussehen lassen, als stehe diese in Verdacht. Dass sie nach Spuren in ihrem Tablet suchen, ist verständlich, aber dem Ehemann, der bei Gott jetzt genug durchmachen muss, das Gefühl zu geben, es werde gegen seine Frau ermittelt, geht eindeutig zu weit. Ich werde mich bei ihrem Vorgesetzten beschweren, Frau Meinike und rate ihnen dringend zur Mäßigung bei weiteren Schritten."

Sein anfangs recht lockerer Tonfall hatte an Schärfe zugenommen und bei seinen letzten Sätzen war eine hektische Röte im Gesicht der LKA-Beamtin aufgeflammt.

Jetzt wandte sich der Staatsanwalt an Mike.

„Kommen sie bitte mit in ihr Büro, Herr Hauptkommissar. Wir müssten etwas klären."

Er nickte der LKA-Beamtin zu und schob Mike aus dem Zimmer. Schweigend gingen sie in Mikes Büro und als dieser die Tür hinter ihnen schloss, sagte er leise: „Danke."

Der Staatsanwalt winkte ab, setzte sich an den kleinen Tisch und deutete auf die Kaffeemaschine.

„Wenn sie einen ihrer ausgezeichneten Kaffees für mich hätten?"

Mike nickte und stellte zwei Tassen bereit.

„Wissen sie, Herr Köhler, es gab Zeiten, da hätte ich ihre Frau, externe Beraterin hin oder her, am liebsten vor die Tür gesetzt. Heute bin ich froh, dass ich es nicht getan habe, denn sie hat mich nicht nur einmal vor einer Fehleinschätzung bewahrt, teilweise hätte das gravierende Folgen haben können, wäre ich nicht ihrer Argumentation gefolgt."

Er nahm die gefüllte Kaffeetasse entgegen.

Mike sah ihn eindringlich an.

„Wo kamen sie eigentlich so plötzlich her?", fragte er und ahnte schon, wer ihn angerufen hatte.

Der zuckte nur lächelnd die Schultern. Mike nickte.

Der Staatsanwalt sah ihn über den Rand der Kaffeetasse an.

„Ich bin froh, dass Frau Schulz mich benachrichtigt und ich in der Nähe war. Ich glaube, ihre Auseinandersetzung mit Frau Meinike wäre eskaliert."

Mike seufzte etwas und setzte sich mit seinem Kaffee Gebhardt gegenüber.

„Ja, das befürchte ich auch."

Er schüttelte den Kopf. „Das ist wirklich nicht meine Art", sagte er leise und Gebhardt stellte seine Tasse ab.

„Das weiß ich doch. Ich denke, weil Frau Jäger betroffen ist, liegen bei allen die Nerven ziemlich blank. Darum sollten sie so schnell wie möglich weiter ermitteln!"

Annegret Bücher, Mariannes Freundin, empfing
Mike an der Tür ihres stattlichen Dreiseitenhofes in
Bernsgrün. Sie war eine kräftige Frau mit gesunder
Gesichtsfarbe, der man ansah, dass sie sich viel in der
Natur aufhielt und kräftig zupacken konnte.

Hinter ihr drängte sich ein großer Schäferhund vorbei und sah Mike aufmerksam an, der den Weg hin-
aufkam.

„Prinz tut ihnen nichts, Herr Hauptkommissar", rief
sie ihm entgegen und Mike streichelte dem Hund,
der ihn schwanzwedelnd begrüßte, über den Kopf.

Mike folgte ihr über den weitläufigen Hof, wo neben
ein paar Hühnern sich eine schwarze Katze in der
Sonne räkelte.

Auf der geräumigen Terrasse waren auf dem Tisch
Kaffeekanne, Tassen und ein großer, offenbar selbst-
gebackener Streuselkuchen platziert.

„Setzen sie sich bitte. Mein Mann ist noch auf dem
Feld und kommt erst in einer halben Stunde."

Sie schenkte Mike ungefragt Kaffee ein und legte ihm
ein großes Stück Kuchen auf. Dann setzte sie sich
und faltete die Hände im Schoß.

„Wie geht es Marianne? Torben konnte noch nichts
sagen, sie wird ja noch operiert."

Mike zuckte leicht die Schultern.

„Es tut mir leid, Frau Bücher, aber ich habe auch
keine andere Information."

Die Frau schüttelte betrübt den Kopf und wischte
sich mit dem Zipfel ihrer Baumwollschürze über die
Augen.

„Wer tut denn so was?", fragte sie und sah Mike an, als könne er ihr endlich eine Antwort darauf geben. Der beugte sich etwas nach vorn.

„Das versuchen wir herauszufinden. Sie sind schon lange mit Marianne befreundet?"

Annegret Bücher nickte.

„Wir sind zusammen in die Schule gegangen. Ich habe ja früher auch in Plauen gewohnt. Wir waren das Kleeblatt, so nannten sie uns, Marianne, Susanne, Veronika und ich. Nach der Schule ist Marianne auf die Polizeihochschule gegangen, Susanne ist auf die Hochschule für Staats- und Rechtswissenschaften."

Sie räusperte sich etwas.

„Das war, so sagten wir hinter vorgehaltener Hand, die Stasischmiede. Veronika ist Lehrerin für Englisch und Deutsch geworden. Leider ist sie vor zehn Jahren gestorben, Lungenkrebs. Dabei hat sie nie auch nur eine Zigarette angerührt. Ich habe mich schon immer für die Landwirtschaft und für Technik interessiert und bin Diplomingenieurin für Landmaschinenbau geworden. Ich baue ihnen jeden Traktor auseinander und wieder zusammen", sagte sie und lächelte breit.

Mike lächelte zurück.

Er verstand, warum Marianne ihre Freundin mochte und viel von ihr sprach. Sie war eine rundum sympathische, bodenständige Frau.

„Wir haben geheiratet, Kinder bekommen und der Kontakt ist nie zwischen uns abgerissen. Dann kam die Wende. Das war ziemlich turbulent. Marianne hatte Glück, sie blieb im Polizeidienst. Veronika dagegen wurde aus dem Schuldienst entlassen, Systemnähe, wie man so schön sagte."

Annegret Bücher seufzte.

„Aber sie hat dann auf dem privaten Markt weiter gemacht und war freiberufliche Dozentin. Von Susanne haben wir nichts mehr gehört. Naja, wir dachten uns halt, weil sie doch in der Partei Karriere gemacht hatte, schämte sie sich jetzt, was Quatsch war. Wäre uns doch egal gewesen. Jedenfalls hat Marianne versucht sie zu finden, sie wissen schon."

Sie zwinkerte Mike zu und der nickte. Natürlich hatte man bei der Polizei andere Möglichkeiten, den Aufenthaltsort einer Person herauszubekommen.

„Jedenfalls fand sie heraus, dass Susanne in Holland lebt. Wir haben versucht zu ihr Kontakt aufzunehmen, aber das wollte sie scheinbar nicht. Jeder Versuch verlief im Sande. Also haben wir es respektiert."

Sie deutete auf den Streuselkuchen und Mike biss ab.

„Wow", sagte er nur und nahm noch einen Bissen.

Annegret Bücher lächelte stolz.

„Keine Dorffeier ohne Annes Streuselkuchen."

Dann wurde sie ernst. „Aber sie vermuten doch nicht, dass Marianne von jemand, der sie kannte…"

Sie schluckte und sah ihn verstört an.

„Nein, Frau Bücher, wir stehen doch erst am Anfang unserer Ermittlungen und müssen erst einmal herausbekommen, wo und mit wem Marianne verabredet war. Deshalb bin ich bei ihnen. Torben sagte etwas von einer Bekannten von früher, die sie treffen wollte, wusste aber keinen Namen. Hat sie ihnen gegenüber etwas erwähnt?"

Spontan schüttelte Annegret Bücher den Kopf.

„Nein. Torben und sie waren am Samstag noch bei uns zum Grillen. Sie hätte mir es erzählt, wenn es jemand gewesen wäre, den ich auch kenne."

Mike nahm noch einen Schluck Kaffee.

„Und war sie verändert? Was meinen sie, sie kennen sie doch."

Mariannes Freundin dachte nach.

„Naja, sie hatte schon ein bisschen Stress in letzter Zeit, zumal sie ja in Amerika waren."

Sie sah Mike an. „Aber sonst, sie war…"

Annegret Bücher verstummte und dachte nach. Mike sagte nichts, um ihren Gedankengang nicht zu unterbrechen. Sie kaute etwas auf ihrem Daumennagel herum, dann schüttelte sie langsam den Kopf.

„Also, sie hat telefoniert. Dazu ist sie etwas abseits gegangen. Ist ja klar, wenn es etwas Dienstliches ist. Es war nichts Erfreuliches, denke ich mal. Sie klang verärgert, was ich so bei Marianne nicht kenne. Als sie zurückkam, hat sie sich entschuldigt und wir haben weitergeredet. Aber…" Sie schwieg wieder.

„Aber?", fragte Mike nach.

Annegret Bücher holte Luft.

„Sie wirkte etwas angespannt und eine Stunde später sind sie dann auch aufgebrochen. Ich bin sicher, Torben wäre gern noch geblieben, aber Marianne sagte, sie sei müde."

Mike schob die Kaffeetasse von sich. „Wissen sie noch, wann das Telefonat war?"

Mariannes Freundin nickte.

„Ja, es war 19.15 Uhr. Ich habe nämlich auf meine Uhr geschaut, weil ich jeden Abend punkt 19.30 meine Mutter kurz anrufe, die im betreuten Wohnen lebt."

Mike erhob sich. „Danke, Frau Bücher, sie haben mir weitergeholfen."

Er ließ sich von ihr zum Tor bringen und kaum im Auto angekommen, rief er Frieder an.

„Finde mal heraus, ob jemand von der Dienststelle Marianne am Samstag um 19.15 Uhr angerufen hat. Und sag Karsten Bescheid, wir treffen uns in einer Stunde bei Daniel."

Der Chef der Kaffeerösterei sah Mike erstaunt an, als dieser eintrat.

„Was ist denn heute los? Erst Omar, dann Kate, dann Karsten und Frieder und jetzt du. Habt ihr eure Besprechungen outgesourct?"

Mike grinste nur und trat in den hinteren Teil der Räumlichkeiten, wo die Genannten sich bereits versammelt hatten. Da Mike wusste, dass zu dieser Zeit hier eher wenig Publikumsverkehr herrschte, war es ihm als ein guter Platz erschienen, auf alle Fälle weit genug weg von Casta Meinike.

Nachdem Daniel auch ihn mit Kaffee versorgt und sich wieder nach vorn zurückgezogen hatte, sah Mike Omar an.

„Gibt es etwas Neues von Marianne?"

Dieser nickte. „Ich habe vorhin gerade mit Professor Kempinski gesprochen. Es war eine sehr langwierige und komplizierte OP und er hat gesagt, hätte er das vorher nur ansatzweise geahnt, hätte er sie nie hier operiert. Aber sie ist zumindest stabil und im künstlichen Koma."

Als er Mikes erleichterte Miene sah, hob er die Hand. „Noch ist sie nicht über den Berg, so ungern ich das sage. Erst die nächsten Tage werden entscheiden und sogar dann."

Er beendete den Satz nicht, aber alle Anwesenden wussten, was er meinte.

„Was hast du in Bernsgrün herausgefunden?", fragte Kate, um etwas abzulenken.

Mike berichtete, was Annegret Bücher im erzählt

hatte. Dann sah er Frieder an.

Der schüttelte den Kopf. „Kein Anruf von der Dienststelle um diese Zeit, auch nicht vorher oder nachher.
Es war Mariannes freies Wochenende."

Karsten lehnte sich etwas nach vorn.

„Gebhardt hat die Funkzellenabfrage für den Bereich
am Elsterpark genehmigt. Mit etwas Interpretations-
spielraum…" Er zwinkerte ihm zu.

Mike nickte langsam. „Pass bloß auf, das diese
Meinike nichts davon mitbekommt."

Kate sah ihn von der Seite an.

„Du hast dich ja ganz schön auf sie eingeschossen",
bemerkte sie trocken und Mike drehte die Augen
nach oben.

„Wenn Gebhardt ihr nicht die Meinung gegeigt
hätte, würde sie wohl jetzt daran arbeiten unser multiprofessionelles Team auseinander zu montieren."

Omar lachte dröhnend.

„Multiprofessionelles Team, das klingt gut."

Kate schüttelte nur den Kopf.

„Ich kann mir denken, wie sie sich fühlt, ich war oft
genug selbst in dieser Situation."

Karsten runzelte die Stirn.

„Klar, aber hast du dich auch wie ein, na du weißt
schon wie, verhalten?"

Kate warf ihm einen Blick zu der Bände sprach.

„Ja, hab ich. Und es gab genug Leute, die mich deshalb gehasst haben, und zwar richtig gehasst."

Eine Weile war es so still, dass man das Werkeln von
Daniel an den Kaffeemaschinen überlaut

wahrnehmen konnte. Dann sah sie Mike an und legte ihm ihre Hand auf den Arm.

„Wie ich dir schon sagte. Ich verstehe euch. Alle, und ich schließe mich hier zu 100% an, wissen, dass Marianne eine integre Polizistin ist. Aber wir müssen herausfinden, was in den letzten Stunden vor ihrer Verletzung vorgefallen ist."

Karsten, der sich wieder zurückgelehnt hatte, klopfte leise auf den Tisch.

„Wir wissen bereits, dass die Überwachungskamera am Elsterparkparkplatz mutwillig zerstört wurde. Das kann Zufall sein oder auch nicht. Laut Centermanager gab es immer mal solche Übergriffe, meist von Jugendlichen, die entweder das Deck als Skaterbahn genutzt hatten oder zum Autodrifting, das aber meist im Winter."

Mike wog den Kopf hin und her.

„An Zufall glaube ich nicht", murmelte er.

„Aber", fuhr Karsten fort. „Wir haben an der gesamten Rücklehne diese schwarzen Kunsthaare gefunden und auch Abrieb eines Gewebes. Das wird zurzeit untersucht, könnte aber von einem braunen Wintermantel stammen. Nach Höhe der Haare würde ich sagen, die Person war zirka eins siebzig bis eins fünfundsiebzig groß. Auf Grund der Länge der Haare, auch wenn es eine Perücke war, eine Frau."

Mike nickte. „Eine Spur von Mariannes Smartphone?"

Karsten schüttelte den Kopf.

„Nein, aber Providerabfrage läuft. Die tun sich ja

immer bissel schwer."

Kate nippte an ihrem Cappuccino.

„Marianne hat diese Frau gekannt, sonst wäre sie nie mit ihr auf diesen Parkplatz mitten in der Nacht gefahren. Warum diese Maskerade?"

„Vielleicht hat sie Marianne gezwungen?", warf Frieder Lein ein. Der Kriminalanwärter hatte bisher geschwiegen, aber eifrig auf sein Tablet gestarrt.

Kate runzelte die Stirn.

„Ich kann mir nicht vorstellen, dass sie Marianne mit einer Pistole in Schach gehalten hat, um schließlich auszusteigen, die hintere Scheibe einzuschlagen, wieder einzusteigen und von hinten Marianne den Schädel einzuschlagen."

Frieder brummte etwas, erwiderte aber nichts.

„Außer es war eine dritte Person beteiligt, die Handschuhe trug. Denn die Beifahrerin trug keine, da haben wir Abdrücke. Nachdem ich Torben und die beiden Jungs gebeten habe, mir welche zu geben, konnte ich die ausschließen, dann habe ich noch zwei Paar. Ich vermute mal, wenn ich diese Frau Bücher noch um Fingerabdrücke bitte, kann ich diese auch ausschließen. Aber wie auch immer, kein Treffer in der Datenbank", sagte Karsten.

„Mist", meinte Mike resigniert. „Wäre auch zu schön gewesen."

Gerade jetzt begann er Marianne zu vermissen, ihre ruhige Art, ihre Pinntafel. Er lächelte etwas.

„Aber ich habe noch eine Anfrage an Europol laufen, vielleicht haben wir da Erfolg", sagte Karsten, wenig optimistisch klingend.

In diesem Moment klingelte Mikes Dienstsmartphone. Es war Casta Meinike.

Er deutete den anderen, ruhig zu sein.

„Ja, Köhler", meldete er sich.

„Meinike. Könnten sie bitte zeitnah vorbeikommen? Ich habe etwas auf dem PC der Familie Jäger gefunden."

Ohne eine Antwort abzuwarten, legte sie auf. Stirnrunzelnd sah Mike auf das Smartphone in seiner Hand.

In diesem Moment klingelte sein privates Telefon.

„Ja?"

„Mike? Hier ist Torben. Kannst du kommen?"

Mike stutzte.

„Ist etwas passiert? Marianne?", fragte er alarmiert.

„Nein. Nicht mit ihr, aber. Ich kann es dir am Telefon nicht sagen. Ich kann es nicht fassen", murmelte er und Mike sprang alarmiert auf.

„Ich komme", sagte er und ließ die anderen verdutzt zurück.

Kapitel 6

„Jetzt noch einmal langsam", sagte Mike und sah von Torben Jäger zu Niels und dann zu dem Laptop in dessen Hand. Der lief aufgeregt im Raum auf und ab, während sein Vater wie paralytisch im Sessel saß und auf seine gefalteten Hände starrte. Niels blieb vor Mike stehen. „Mutti erledigt immer alles, was mit Kontosachen zu tun hat, Rechnungen und so weiter, das ganze Onlinebanking. Paps hat damit nichts am Hut, sagt er immer. Jetzt lag noch eine Rechnung da und weil Mutti." Er stockte kurz. „Also, weil sie wohl nicht so schnell wiederkommt, habe ich mir die TAN geben lassen und wollte die Rechnung begleichen. Ich habe meinen Laptop genommen und da habe ich das gesehen." Er hielt ihn Mike direkt vors Gesicht. Der sah stirnrunzelnd auf die Bankbewegungen.

Auf das gemeinsame Konto von Torben und Marianne Jäger waren im Abstand von zwei Monaten je 30.000,00 € eingezahlt worden.

„Du hast keine Ahnung von dem Geld?", fragte er Torben, der jetzt schwerfällig den Kopf hob. „Nein. Was denkst du, warum ich dich angerufen habe?" Mike erhob sich und klopfte ihm auf die Schulter. „Das heißt noch gar nichts, Torben. Vielleicht gibt es dafür eine ganz einfache Erklärung."

Dann wandte er sich an Niels. „Bekomme ich die TAN? Dann kann ich es mir sparen, erst den Staatsanwalt zu bemühen." Der junge Mann sah seinen Vater an, der ebenfalls nickte.

Als Mike kurz darauf im Präsidium angekommen zum Büro von Casta Meinike ging, hatte er schon vor der Tür das Gefühl, als griffe eine Faust an seinen Magen und presste ihn langsam, aber kontinuierlich zusammen. Mit einem tiefen Seufzer klopfte er und trat ein. An dem kleinen Tisch saß die LKA-Beamtin in Gesellschaft von Staatsanwalt Gebhardt, der alles andere als glücklich aussah. Er hob den Kopf und deutete Mike stumm, sich zu ihnen zusetzen.

Casta Meinike reichte Mike ein paar Ausdrucke. „Das sind E-Mails, die Frau Jäger geschrieben hat. Der Empfänger ist schwer lokalisierbar, aber die IT-Abteilung ist dran. Jedenfalls hat Frau Jäger ihn oder sie immer vor Razzien gewarnt. Es scheint ein ziemliches Netz gewesen zu sein, jedenfalls nicht sie allein. Und es scheint sich gelohnt zu haben, finanziell zumindest." Während Mike die Mails überflog, sagte Gebhardt: „Wir müssen Frau Jägers Konten überprüfen." Man hörte, wie unwohl ihm bei dem Gedanken war. Mike sah auf, griff in seine Tasche und reichte dem Staatsanwalt den Kontoauszug, den er dank Niels Jägers TAN Überlassung hatte. „Das können wir uns sparen, Herr Doktor Gebhardt."

Dieser stöhnte auf und Mike warf einen Blick auf die LKA-Beamtin, die keine Miene verzog. Schließlich lehnte sie sich zurück und sagte ruhig. „Dann ist es ja wohl klar. Das LKA übernimmt den Fall. Sie sind zu sehr involviert." Mike wollte auffahren, aber Gebhardt schüttelte den Kopf. Er hatte recht, es war nicht mehr ihr Fall.

„Das kann einfach nicht wahr sein", sagte Kate und sah Mike an, der an ihrem Schreibtisch stand.

Der holte tief Luft.

„Mein Chef konnte nicht anders, er musste den Fall ans LKA geben, zumal Meinike ihm gegenüber angedeutet hat, dass sie nicht nur einen Interessenkonflikt sieht, würden wir weiter ermitteln. Es wäre durchaus möglich, dass noch mehr Beamte, eventuell sogar aus unserer Abteilung, in diesen Fall verstrickt sind."

Kate schüttelte stumm den Kopf.

„Und du warst noch der Meinung, dass sie so denken und handeln muss", sagte Mike mit grimmigem Tonfall und sah sie anklagend an.

Als Kate nichts erwiderte, fuhr er sich mit der Hand über das Gesicht.

„Entschuldige. Ich bin fix und fertig mit den Nerven."

Langsam erhob sie sich, ging um den Schreibtisch herum und umarmte ihn.

„Aber das weiß ich doch. Keiner denkt, dass Marianne irgendwie in so einer Sache drinsteckt, ich am allerwenigsten."

Mike küsste ihre Wange. „Danke. Aber die Beweise sprechen eine andere Sprache."

„Die gefälscht sein könnten."

Mike und Kate fuhren auseinander wie Teenager, die man hinter der Turnhalle beim Knutschen erwischt hatte.

Staatsanwalt Doktor Gebhardt stand im Raum. Er hob beide Hände.

„Entschuldigen sie vielmals, Frau Schulz. Aber die nette junge Frau am Empfang hat mich hereingelassen und ihre Tür stand offen."

Kate deutete auf den Tisch. „Nehmen sie doch bitte Platz."

Mike sah ihn misstrauisch an, als er sich neben ihn setzte. „Und gerade sie denken, dass die Beweise gefälscht sein könnten?"

Gebhardt schüttelte mit mildem Lächeln den Kopf. „Warum gerade ich? Auch ich schätze Frau Jäger sehr, dass nur nebenbei."

Dann wurde er ernst. „Wissen sie, wenn wir den unwahrscheinlichen Fall annehmen, Frau Jäger wäre in so eine Sache verstrickt, die ja ziemlich spektakulär zu sein scheint, ist es da nicht auffällig, dass sie Mails auf ihrem PC belässt und nicht einmal den Versuch unternimmt, sie dauerhaft zu entfernen? Und das Geld treu und brav auf das gemeinsame Familienkonto überweisen lässt? Also das wäre superdumm."

„Oder superschlau", konterte Kate. „Wenn sie sich zu 100% sicher wäre, nie erwischt zu werden?"

Gebhardt sah sie an. „Ah, sie spielen mal wieder den Advocatus Diaboli, gut."

Kate zuckte nur die Schultern.

„Immer wieder gern", murmelte sie.

Gebhardt musterte sie eine Weile.

„Wissen sie, Frau Schulz, das LKA hat zwar das Team um Herrn Hauptkommissar Köhler von dem Fall abgezogen, aber sie…"

Kate lächelte, was Mike alarmierte.

„Doktor Gebhardt, wenn…"

Der hob die Hand und beugte sich über den Tisch.

„Keine Angst, ich habe mir und damit uns Rückendeckung geholt. Es gibt immer ein paar Leute, die mir einen Gefallen schuldig sind und den bin ich jetzt gewillt einzufordern."

Er sah Kate an. „Und?", fragte er und sie nickte.

Mike drehte die Augen nach oben.

Der Staatsanwalt erhob sich.

„Gut, dann würde ich vorschlagen, wir treffen uns heute Abend."

Kate sah ihn sinnend an. „Wissen sie, ich halte es für ratsam, dass wir uns bei uns zu Hause treffen."

Noch eher Gebhardt etwas erwidern konnte, waren Stimmen an der Rezeption zu hören.

Kate deutete Mike und Gebhardt zu schweigen und ging hinaus. Maria versuchte gerade erfolglos, zu verhindern, dass Maximilian Krause, seines Zeichens Journalist der Freien Plauener Stimme, zu Kates Büro vordringen wollte.

Diese vertrat ihm den Weg. Er versuchte an ihr vorbeizuschauen, was ihm allerdings nicht gelang.

„Ich habe Hauptkommissar Köhler gesehen …"

Kate schlug die Arme vor der Brust zusammen.

„Ach ja? Dann verrate ich ihnen ein Geheimnis, Maximilian." Sie machte eine bedeutsame Pause und beugte sich näher an ihn heran. „Ganz unter uns, er ist mein Ehemann."

Der Angesprochene verdrehte die Augen nach oben.

„Sehr witzig, Kate. Ist es wahr, dass das LKA den Fall

an sich gezogen hat und der Hauptkommissar und sein Team raus sind?"

„Verdammter Mist", dachte Kate. Woher hatte der Journalist schon wieder diese Information? Wahrscheinlich gab es irgendwo im Revier jemand, der der Presse und in diesem Fall Maximilian Krause Tipps zusteckte. Sie musste sich unbedingt um Schadensbegrenzung bemühen, allein um Marianne Jägers Willen. Maximilian war nicht dumm und würde sehr schnell eins und eins zusammenzählen und es war nur eine Frage der Zeit, dass er von dem Vorwurf der Bestechlichkeit gegen Marianne erfahren würde.

Sie trat einen Schritt zurück und sah den jungen Journalisten eindringlich an.

„Ja, das stimmt. Aber es steckt noch mehr hinter der Sache und wenn sie die Füße noch etwas ruhig halten, verspreche ich ihnen Informationen aus erster Hand."

Ihr Gegenüber presste die Lippen aufeinander und dachte angestrengt nach. Scheinbar wog er seine Optionen ab.

„Habe ich das letzte Mal nicht Wort gehalten?", stieß Kate nach und widerwillig nickte der Journalist.

Kate streckte ihm die Hand hin.

„Haben wir einen Deal?"

Dieser ergriff sie zögerlich.

„Deal", sagte er und Kate nickte. „Gut. Ich melde mich innerhalb dieser Woche, okay?"

Er neigte zustimmend den Kopf und trat den

Rückzug an. „Gut, Treffpunkt bei Daniel?"

„Jep", sagte Kate und wartete, bis er die Eingangstür hinter sich geschlossen hatte.

Maria spähte über den Tresen.

„Ich konnte ihn nicht aufhalten", sagte sie entschuldigend, aber Kate winkte ab.

„Die Presse hält niemand auf", murmelte sie und ging zurück in ihr Büro.

Kapitel 7

Man sah deutlich, wie Omar es genoss, Teil dieser Verschwörung, wie er es vorhin in der Küche Kate zugeraunt hatte, zu sein.

Gegen 19.00 Uhr hatten sich alle, die in den Fall eingeweiht waren, bei Mike und Kate im Wohnzimmer eingefunden. Diese hatte, neben verschiedenen Getränken und kleinen Snacks, die wiederum Omar beigesteuert hatte, auch ein Whiteboard aufgestellt.

Aber auch Staatsanwalt Doktor Gebhardt schien sich in der Rolle des Vermittlers sehr wohlzufühlen.

Mike dagegen war der Zwiespalt, in dem er sich befand, anzumerken. Einerseits war er sauer, dass das LKA den Fall an sich gerissen hatte und fühlte sich gegenüber Marianne verpflichtet, die Wahrheit herauszufinden, andererseits war es sich durchaus bewusst, etwas Illegales zu tun.

Er sah zum Leiter der Spurensicherung hinüber, der gerade seelenruhig ein Bier trank.

„Karsten, wenn du…"

Dieser sah ihn an.

„Ich bin das Marianne genauso schuldig wie die anderen hier und wir werden beweisen, dass sie nicht korrupt ist, basta", unterbrach der ihn mit emotionsgeladener Stimme.

Mike nickte schweigend.

Omar setzte sich aufrecht hin. „Marianne ist derzeit stabil, Professor Kempinski hofft, dass es so bleibt."

Allen Anwesenden war anzumerken, wie erleichtert sie wenigstens über diesen Zustand waren.

„Das sagt uns aber auch", ergänzte Omar und hob dozierend einen Finger. „Wir werden so schnell von Marianne weder eine Aussage zu dem Geschehen bekommen noch zu den Vorwürfen gegen sie, damit diese von ihr selbst entkräftet werden könnten."

„Darum ist sie auf uns angewiesen, dass wir Licht in diesen verdammten Dschungel bringen", warf Karsten ein.

„Emotionen bringen uns jetzt nicht weiter", wandte Kate, an Karsten gewandt, ein, der seinerseits leise brummte.

„Gut", sagte er schließlich. „Wir haben keinen oder nur noch sehr begrenzten Zugang zu den Akten."

Er wedelte mit seinem Tablet und grinste dann.

„Aber dank Frank, habe ich zumindest alles, was wir per dato haben in Kopie hier drauf."

Mike sah ihn eindringlich an. „Ich würde Frank da ungern mit reinziehen"

Frank Keilwert, Hauptkommissar des Fachbereich Internetkriminalität, arbeitete oft eng mit ihnen zusammen und hätte gerade jetzt die Konten von Marianne einschließlich ihren PC genaustens unter die Lupe nehmen können, aber das war jetzt vorbei. Das LKA hatte alles beschlagnahmt.

Staatsanwalt Gebhardt, der bisher geschwiegen hatte, nickte.

„Da gebe ich Hauptkommissar Köhler recht. Wir dürfen nicht das halbe Polizeipräsidium involvieren, auch wenn alle gern helfen würden."

Kate lehnte sich in ihrem Sessel zurück.

„Steven Neubauer wäre eine Option und für seine Diskretion verbürge ich mich persönlich."

Man sah dem Staatsanwalt an, dass ihm die Idee, den Hacker, der in Kates Security-Firma tätig war, mit in Boot zu holen wenig behagte, aber er musste wohl oder übel in den sauren Apfel beißen. Zögernd nickte er.

Kate nahm ihr IPhone und rief ihn an.

„Gut und bis er da ist, was sind die Fakten?"

Karsten hatte einen kleinen Beamer an sein Tablet angeschlossen und warf die Bilder an Kates Wohnzimmerwand.

„Fakt ist, das Marianne am Sonntag gegen 1.30 Uhr mit ihrem Auto und einer anderen Person auf dem Beifahrersitz, die vermutlich weiblich war und eine schwarze Perücke trug, auf dem Parkplatz am Elsterpark stand. Jemand, ein oder mehrere Personen, näherten sich dem Auto auf der Fahrerseite. Marianne verriegelte das Auto, vielleicht erkannte sie die Gefahr. Der Täter klopfte gegen die Scheibe, er oder sie trug Handschuhe. Als Marianne mutmaßlich nicht reagierte, schlug er mit einem Gegenstand, Eisenstange, Baseballschläger, es war auf alle Fälle ein länglicher, kräftiger Gegenstand, die hintere Scheibe des Rücksitzes ein, öffnete die Tür und als Marianne aus dem Auto fliehen wollte, zog er ihr den Gegenstand über den Kopf."

Er nickte Omar zu, der hier übernahm.

„Es waren zwei Schläge, einmal links und einmal am Hinterkopf. Sie ist gestürzt und liegen geblieben.

Dabei blutete sie stark. Wahrscheinlich hielt der Täter sie für tot oder er wurde gestört. Irgendwann hat Marianne das Bewusstsein wiedererlangt und ist desorientiert losgelaufen. Den Rest kennen wir."

Mike runzelte die Stirn.

„Die Frage ist doch, was hat Marianne um diese Zeit auf dem Parkplatz gemacht? Ich meine, sie hatte abends eine Verabredung mit der ominösen Bekannten, aber wo?"

Karsten öffnete die Hände.

„Providerabfrage läuft, das kann dauern. Ihr Handy ist verschwunden."

Kate hatte sich erhoben und ging in Richtung Fenster. Sie hielt nach Steven Ausschau. Dann sah sie alle Anwesenden nacheinander an. Schließlich blieb ihr Blick bei Omar hängen.

„Sag mal, weißt du, ob bei Marianne ein Drogenscreening gelaufen ist?"

Als Mike auffahren wollte, deutete sie mit der Hand ihm, nichts zu sagen.

„Wir gehen bisher immer davon aus, dass Marianne freiwillig um diese Zeit auf den Parkplatz gefahren ist."

Omar zückte sein Telefon und erhob sich.

„Das werde ich gleich klären."

Als er den Blick des Staatsanwaltes sah, lächelte er.

„Das LKA kann mich mal, ich habe meine Quellen und die sind 100% dicht."

Damit verließ er mit dem Telefon am Ohr das Zimmer.

Mike sah Kate an und lächelte entschuldigend.

„Auf diese Idee hätten wir auch selbst kommen müssen."

Sie winkte ab.

„Bei uns in den Staaten war so etwas gang und gäbe, aber hier habt ihr das wohl eher selten."

Sie ging in Richtung Tür, scheinbar hatte sie Stevens Auto gesehen. Dabei sah sie den Staatsanwalt an.

„Wissen sie was, Herr Doktor Gebhardt? Ich denke, wir sind hier einer richtig großen Schweinerei auf der Spur."

Damit verließ sie das Wohnzimmer.

Steven Neubauer hatte sich ruhig alle Details angehört. Dann holte er tief Luft.

„Das ist ja wirklich ein Ding", sagte er und runzelte
leicht die Stirn. Dann sah er in Richtung des Staatsanwaltes. Der nickte.

„Was immer sie im Rahmen dieser Ermittlungen tun,
Herr Neubauer, sie haben meine Rückendeckung. Allerdings möchte ich über ihre Schritte informiert
sein."

Als er Stevens Miene sah, lächelte er. „Nicht im Detail, davon verstehe ich sowieso nichts. Es geht nur
um bestimmte Zugriffe, wenn sie wissen, was ich
meine."

Stevens Gesicht hellte sich auf. „Aber natürlich, das
bekommen wir hin. Ich brauchte dann nur einen direkten Draht zu
ihnen."

Der Staatsanwalt deutete auf Kate. „Bei Frau Schulz
laufen alle Fäden zusammen. Ich denke, das ist momentan am unauffälligsten."

Diese nickte.

Steven lehnte sich zurück. „Also, ein Konto zu hacken ist keine große Sache, ebenso einen E-Mailac-
count. Aber das müssen wir erst einmal beweisen."

Der Staatsanwalt sah ihn an. „Das werden wir, wenn
sie die Daten liefern."

Noch ehe Steven antworten konnte, kam Omar zurück in den Raum.

„Also", sagte er, nachdem er Steven begrüßt hatte.

„Es war natürlich kein Drogenscreening gemacht worden, alle Aufmerksamkeit lag auf den schweren Schädelverletzungen. Theoretisch hätte es Gammahydroxybuttersäure oder ähnliches sein können."

„K.O. -Tropfen", warf der Staatsanwalt ein und der Rechtsmediziner nickte.

Dann sah er Steven an. „Schauen sie, ob sie Zugriff auf Frau Jägers Handydaten bekommen, dann sind wir vielleicht schlauer."

Steven stand auf und salutierte mit einem breiten Lächeln. „Ich mache mich sofort an die Arbeit."

Kapitel 8

Als Mike im Polizeipräsidium eintraf, kam er an Mariannes ehemaligen Büro vorbei, wo er zu seinem Erstaunen Stimmen hörte. Er öffnete die Tür und sah seinen Chef mit einer jungen Frau im Raum stehen.

„Ach, Herr Hauptkommissar. Das ist Kommissarin Struwe", sagte er.

Mike reichte ihr die Hand.

„Willkommen", sagte er und musterte erst sie und dann den Raum.

Die schien seine Blicke richtig zu deuten.

„Ich habe Herrn Hauptkommissar Kögler bereits gesagt, dass ich bitte ein anderes Büro möchte, schließlich hoffen doch alle, dass Kommissarin Jäger bald zurückkommt."

Der leitende Hauptkommissar beeilte sich zu nicken.

„Natürlich. Nur sind wir zurzeit etwas beengt und…"

„Sie könnte doch mit in mein Büro. Platz wäre", sagte plötzlich eine Stimme von der Tür her.

„Frieder Lein, Kommissaranwärter", sagte der junge Mann und hielt Mary Struwe die Hand hin, die diese ergriff.

„Hallo", sagte sie und nickte.

„Die Idee ist nicht schlecht", sagte Mike schnell.

„Frieder hat das größte Büro von uns allen. Kommissarin Jäger wollte unbedingt das kleine Kämmerchen hier behalten, weil es zwei Fenster hat." Er lächelte.

Peter Kögler rieb sich die Hände.

„Gut, dann wäre das geklärt."

Während Frieder Mary Struwe in sein Büro führte, hielt der Leiter des Polizeipräsidiums Mike zurück.

„Kann ich sie kurz sprechen?", fragte er und deutete auf Mikes Büro. Während dieser seinem Chef folgte, ging ihm durch den Kopf, ob der eventuell erfahren haben könnte, dass sie auch ohne seine Genehmigung heimlich weiter ermittelten.

Nachdem Kögler die Tür geschlossen hatte, sah er Mike eindringlich an. „Herr Köhler, ich bin genau wie alle anderen überzeugt davon, dass Frau Jäger nicht in irgendwelche kriminellen Handlungen verstrickt ist." Er räusperte sich. „Allerdings sind die Fakten, die das LKA vorlegt, ziemlich erdrückend. Ich wollte es ihnen zuerst sagen. Gegen Frau Jäger wurde Haftbefehl erlassen. Allerdings ist sie noch immer im künstlichen Koma und auch in keiner Weise transportfähig. Also bleibt sie im Krankenhaus wie bisher, aber unter permanenter Bewachung."

Mike sah ihm an, wie erschüttert sein Chef war.

„Jedenfalls musste ich Frau Jäger erst einmal offiziell vom Dienst suspendieren", fuhr er fort.

Als Mike schwieg, holte Kögler tief Luft und legte ihm eine Hand auf die Schulter. Dann ging er in Richtung Tür, legte die Hand auf den Knauf.

Ohne sich noch einmal umzusehen, sagte er leise:

„Köhler, passen sie auf, dass ihnen Hauptkommissarin Meinike nicht auf die Schliche kommt."

Damit war er zur Tür hinaus.

Mike lächelte und murmelte: „Keine Angst, das passiert schon nicht."

„Und du warst bis jetzt in Bremen?", fragte Frieder Lein seine neue Kollegin, nachdem er ihr, gemeinsam mit dem Hausmeister, einen neuen Schreibtisch in sein bisher allein genutztes Büro gestellt hatte.

„Ja", sagte sie und stellte ein paar persönliche Dinge ab. Frieder spürte, dass sie keinen gesteigerten Wert daraufleglte, ihm ihren bisherigen Werdegang zu erzählen und schwieg.

In diesem Moment kam Mike herein, ohne anzuklopfen, was so gar nicht seine Art war.

„Wir haben eine weibliche Leiche, kommt ihr?"

Ohne einen Augenblick zu zögern, nahm Mary Struwe ihre Jacke vom Haken und war bereits vor Frieder die Treppe hinunter.

Sie fuhren gerade über die Friedensbrücke, als Mike in den Rückspiegel schaute.

Die neue Kollegin saß ziemlich entspannt auf der Rückbank, während Frieder auf dem Beifahrersitz Platz genommen hatte. Als spüre sie, dass er sie beobachtete, sah sie nach vorn.

Mike wandte sich leicht um.

„Wir duzen uns alle im Team, also, wenn sie nichts dagegen haben?"

Ein breites Lächeln erschien auf ihren Zügen und ließen ihre Sommersprossen geradezu tanzen.

„Ich bin Mary", sagte sie und er nickte.

„Mike. Ich sollte dich noch vorwarnen, unser Rechtsmediziner, Professor Amri, ist manchmal etwas gewöhnungsbedürftig, aber…"

„Ich kenne den Professor", unterbrach ihn Mary und erstaunt sah Mike wieder über seine Schulter.

„Woher denn?", fragte er.

„Er hat bei uns Vorlesungen gehalten. Ich habe einen Abschluss in forensischer Psychologie gemacht."

„Wow, Profiling?", fragte Frieder nach und Mary lächelte.

„Ja und daher kenne ich auch ihre, ähm, ich meine deine Frau, Mike. Ich war zu einem Studienaustausch in Atlanta und da hat Frau Schulz bei uns einige Seminare geleitet. Ich war ganz begeistert zu hören, dass sie hier in Plauen ist und noch dazu mit meinem künftigen Chef verheiratet."

„Das ist wirklich ein Zufall", bestätigte der und lenkte den Wagen auf ein Gelände an der Klopstockstraße, das bereits abgesperrt war.

Karsten Windisch und seine Leute waren schon vor Ort und auch Omars SUV stand knapp hinter der Absperrung. Als Mike, Frieder und Mary ausstiegen, kam er gerade aus einem Gebäude, das wohl einmal eine Lagerhalle gewesen, jetzt aber völlig verfallen war. Omar steuerte auf Mike zu. „Kein schöner Anblick", meinte er, dann entdeckte er Mary.

Diese reichte ihm die Hand. „Kommissarin Mary Struwe."

Omar runzelte leicht die Stirn, scheinbar sagte ihm das Gesicht etwas.

„Forensische Psychologie, Berlin, Herr Professor", sagte sie und er lachte.

„Ja, jetzt erinnere ich mich. Sie waren das mit der Bachelorarbeit zum Thema Ritualmörder."

Dann klopfte er ihr jovial auf die Schulter.

„Also, den Professor lassen wir, ich bin Omar."

An Mike gewandt sagte er: „Massive Gewalteinwirkung, auch am Kopf und Gesicht. Sie ist ungefähr eine Woche tot, alles weitere nach der Obduktion."

Er stieg in seinen SUV und wollte gerade losfahren, als Mary Struwe an seine Autoscheibe klopfte. Er ließ diese herunter.

„Wenn sie…ähm, du mich kontaktieren könntest, wenn du mit der Autopsie beginnst? Ich wäre gern dabei, das heißt, wenn mein Chef nichts dagegen hat. Schließlich steht es ja ihm in erster Linie zu."

Omar grinste.

„Mike zieht es vor, die Ergebnisse meiner Obduktionen in der gemütlichen Atmosphäre meines Büros präsentiert zu bekommen. Nein, er hat definitiv nichts dagegen."

Während Mary noch mit Omar sprach, ging Mike mit Frieder in Richtung der Lagerhalle.

„Also, den Professor lassen wir, ich bin Omar", äffte Frieder murrend den Rechtsmediziner nach. „Bei mir hat es Jahre gedauert, bis er mir das du angeboten hat."

Mike musste schmunzeln. Tatsächlich war es erst bei dem Fall im vergangenen Winter gewesen, als Omar dem Kriminalanwärter das du angeboten hatte.

Er knuffte Frieder leicht am Arm.

„Tja, du hast halt auch deine Bachelorarbeit nicht bei

ihm geschrieben."

Inzwischen standen sie bei dem breit geöffneten, verrosteten Tor, als Karsten Windisch herauskam und seinen Mundschutz abnahm.

Er holte tief Luft und winkte die beiden Neuankömmlinge heran.

„Habt ihr schon mit Omar gesprochen?"

Als diese nickten, deutete er nach innen.

„Sieht wirklich nicht schön aus. Keine Papiere."

„Alter?", fragte Mike und Karsten zog die Stirn kraus.

„Ich sage mal grob zwischen 50 und 60, attraktiv, gepflegt. Der Fundort ist wahrscheinlich auch der Tatort, hier ist massenhaft Blut."

Inzwischen war auch Mary Struwe wieder zu ihnen gestoßen.

Mike deutete nach innen.

„Wollen wir?", fragte er sie und sie nickte. Nachdem sie die vorgeschriebene Schutzkleidung angelegt hatten, war Mike zumindest froh über den Mundschutz, der den Verwesungsgeruch etwas dämpfte, wenn auch nicht viel.

Die Frau lag in der hinteren Ecke der völlig vermüllten Halle.

„Das ist wieder der Alptraum der Spurensicherer", murmelte Frieder und sah aus dem Augenwinkel, wie Mike nickte.

Die Frau war voll bekleidet, die Sachen mit eingetrocknetem Blut so verschmiert, dass man ihre ursprüngliche Farbe kaum noch sehen konnte.

„Da hat sich jemand ausgetobt", sagte Mary Struwe. Damit hatte sie nicht unrecht. Obwohl der Körper bereits starke Verwesungsmerkmale aufwies, sah man die zahlreichen Verletzungen, besonders im Kopf und Gesichtsbereich.

Ein Mitarbeiter Karstens hatte eine Eisenstange in einen Spurentechnikbeutel verpackt.

Mike deutete darauf. „Die Tatwaffe?"

Der junge Mann nickte. „Sieht so aus, zumindest sind Blut- und Gewebeanhaftungen zu erkennen."

Mary war näher herangetreten und winkte jetzt Mike hinzu.

„Schau mal auf ihre Hände."

Dieser beugte sich herunter.

„Folterspuren?", fragte er sie leise und die junge Frau nickte.

„Sieht so aus, als sei jeder Finger einzeln gebrochen worden."

Dann sah sie sich in der Halle um.

„Ziemlich entlegen hier und wenn sie geknebelt war, hat niemand etwas mitbekommen."

Inzwischen war auch Karsten wieder hereingekommen. „So, fotografiert ist alles, das Bestattungsunternehmen ist da und draußen steht dieser Komiker von der Freien Plauener Stimme."

Er stieß Mike sanft den Zeigefinger gegen die Brust. „Dein Part."

Der stöhnte auf.

Kapitel 9

Mike hatte die Beratung im Polizeipräsidium gegen 13.00 Uhr anberaumt. Während er darauf wartete das alle eintrafen, gingen ihm immer wieder die Worte von Maximilian Krause, dem Journalist der Freien Plauener Stimme, vom gestrigen Tag durch den Kopf. Der hatte ihn an seinem Auto abgepasst und wollte natürlich Informationen, die Mike ihm nicht geben konnte und auch nicht wollte, auch wenn er wusste, das Kate mit ihm ab und an kooperierte. Seine Frage, ob der Mord hier mit dem Verbrechen an Kommissarin Jäger zusammenhängen würde, hatte eine Glocke in ihm zum Klingen gebracht, die einfach nicht aufhören wollte zu läuten.

„Warte doch erst einmal den Bericht der Obduktion und der Spurensicherung ab", hatte Kate ihm am Abend gesagt, aber beruhigt hatte ihn das nicht.

Am Morgen war Mary Struwe in die Pathologie gefahren, um an der Autopsie teilzunehmen, was er zwar befremdlich, aber durchaus zweckmäßig hielt. Gerade als Omar gemeinsam mit Mary eintraf, kam auch Hauptkommissarin Casta Meinike in den Beratungsraum und nahm wortlos Platz.

Die Anwesenden sahen Mike an, der sich erhob.

„Frau Meinike, hier geht es um einen neuen Fall, wieso…"

Sie sah ihn wieder mit diesem speziellen Blick an, mit dem sie bestimmt bei gewissen Leuten Eindruck machen konnte, aber nicht bei ihm.

„Ich möchte nur sicherstellen, dass es nicht Parallelen zum Fall von Frau Jäger gibt. Wäre es nämlich so, dann würde das LKA…"

In diesem Moment kam auch Staatsanwalt Doktor Gebhardt herein und hatte scheinbar den Dialog gehört.

„Dann würden wir sie natürlich zeitnah informieren. Danke." Damit deutete er zur Tür.

Dass er sie so rüde unterbrochen hatte, machte die LKA- Beamtin für einen Augenblick sprachlos. Dann erhob sie sich und verließ so wortlos, wie sie gekommen war, den Raum.

Doktor Gebhardt setzte sich auf den eben leer gewordenen Platz und sah die Anwesenden, die ihn stumm musterten, auffordernd an.

„Beginnen wir", sagte er.

Omar brach in sein dröhnendes Lachen aus, in das alle nach und nach einstimmten. Auch der Staatsanwalt hatte ein breites Lächeln im Gesicht.

Dann wurde er ernst und sah zu Mike.

„Könnte sie recht haben?", fragte er und der zuckte die Schultern.

„Könnte sie nicht nur, ist so", sagte Omar und Mike hielt unwillkürlich die Luft an.

Der Rechtsmediziner zückte sein Tablet.

„Ich fange schon einmal an, Karsten stößt gleich zu uns. Die unbekannte Tote ist 172 cm groß und 61 kg schwer, Alter schätzungsweise über 50 Jahre und unter 60 Jahren. Ihre Bekleidung war intakt, keine Sexualstraftat. Ihr wurden vor dem Todeseintritt zahlreiche Verletzungen beigefügt, so wurde sie, wie bereits Kommissarin Struwe richtig bemerkte, gefoltert. Alle Finger wiesen mindestens eine, oft mehrere Frakturen auf."

Hier verzog Doktor Gebhardt schmerzlich das Gesicht. Omar nickte.

„Ja, das war auf alle Fälle sehr schmerzhaft. Todesursächlich war dagegen die massive Gewalt gegen den Kopf. Hier kam es zu diversen Blutungen, aber das können sie alle in meinem Bericht nachlesen. Was ich aber vorhin gemeint habe mit dem Zusammenhang zu Marianne. Einmal habe ich versucht, den Tatzeitraum einzugrenzen, was bei der Auffindesituation und der Verwesung nicht einhundert Prozent exakt ist, aber es war in den frühen Morgenstunden des Montags, ungefähr in der Zeit, als Marianne aufgefunden wurde. Natürlich plus-minus ein paar Stunden. Was aber noch genauer auf einen Zusammenhang schließen lässt, ich habe bei der Toten minimale Reste einer Perückenbehaarung gefunden, Farbe schwarz." Er lehnte sich zurück.

In diesem Moment wurde die Tür aufgerissen und Karsten Windisch stürmte förmlich herein.

Omar fuhr zu ihm herum. „Und, sind die Haare identisch?"

Verwirrt starrte der Leiter der Spurensicherung ihn an. „Haare?", fragte er und Omar drehte die Augen nach oben.

„Die Perücke", sagte er leicht genervt.

Karsten nickte.

„Ja, die sind identisch. Aber wir wissen jetzt, wer die Tote ist."

Staatsanwalt Doktor Gebhardt fuhr in seinem Stuhl nach vorn.

„Machen sie es nicht so spannend. Wer?"

„Eine Susanne Geilert, geboren…"

„Das ist Mariannes Schulfreundin. Sie lebt in Amsterdam", fuhr Mike dazwischen, der sich an sein Gespräch mit Annegret Bücher in Bernsgrün erinnerte.

Karsten sah ihn erstaunt an, dann nahm er Platz.

„Nun", sagte er. „Die Sache hat nur einen Haken."

Er machte eine kurze Pause, während er sein Tablet an das Board anschloss.

„Ihre Fingerabdrücke haben wir von Europol, die hatten sie im System. Sie wurde einmal wegen einer ziemlichen Lappalie erkennungsdienstlich in Amsterdam erfasst."

Mike sah ihn an. „Na, das ist doch gut, für uns zumindest."

Karsten schüttelte den Kopf und ein Dokument war hinter ihm auf dem Board erkennbar.

„Leider ist Frau Susanne Geilert bereits vor fünf Jahren verstorben, das ist der Totenschein der Kollegen aus Amsterdam."

„Jetzt wird die Sache richtig mysteriös. Eine seit fünf Jahren angeblich tote Frau wird vergangene Woche ermordet und sie trug vorher jene Perücke, deren Spuren wir eindeutig in Mariannes Auto gefunden haben."

Karsten Windisch schüttelte den Kopf und nahm einen Schluck aus der Bierflasche, die Kate ihm schweigend hingestellt hatte. Dann setzte auch sie sich wieder zu den anderen.

„Dann stehen also die beiden Fälle ohne Zweifel im Zusammenhang?", fragte sie und sah auf das Whiteboard, das hier noch vom letzten Mal ihrer Zusammenkunft stand.

Als Mike nickte, lehnte sie sich zurück.

„Dann ist es nur eine Frage der Zeit und das LKA greift sich auch diesen Fall."

In diesem Moment klingelte es und Kate sprang auf.

„Das ist Steven", sagte sie, lief in den Flur und riss die Tür auf. „Steven, wir…"

Abrupt brach sie ab. Nicht der Computernerd stand vor ihr, sondern eine Frau, die ihr mit einem strahlenden Lächeln die Hand entgegenstreckte.

„Hallo, Frau Schulz, sie werden sich sicher nicht mehr an mich erinnern, aber…"

Kate nickte.

„Doch, Mary Struwe", sagte sie, auch weil sie blitzschnell kombiniert hatte, dass es sich um Mikes neue Kollegin handeln musste.

Dann zuckte sie leicht mit den Schultern und sah, dass Steven gerade aus seinem Wagen stieg und auf das Haus zusteuerte.

„Ich erwarte nämlich Besuch", sagte sie und deutete auf den Heraneilenden.

„Das ist mein Mitarbeiter, Steven Neubauer. Mary Struwe, Mikes neue Kollegin."

Steven sah sie lächelnd an und nickte.

„Geh schon rein", sagte Kate zu ihm und wandte sich wieder Mary zu.

„Wenn du zu Mike willst, das ist gerade etwas ungünstig. Er hat sich hingelegt und ich würde ihn nur ungern wecken, falls es natürlich nicht absolut dringend ist."

Dann legte sie Mary die Hand auf die Schulter.

„Sorry, ich sag einfach du. Also, ich bin Kate, aber das weißt du ja."

Die junge Kommissarin legte leicht den Kopf zur Seite und lächelte.

„Ich glaube nicht das Mike schläft. Da unten", sie deutete mit dem Daumen in Richtung Straßenende.

„Da unten steht der Wagen von Staatsanwalt Doktor Gebhardt und da vorn der Wagen von Karsten Windisch, dem Leiter der Spurensicherung. Ich kann mir nicht vorstellen, dass die beiden Herrn zu einem Spaziergang in den Stadtpark aufgebrochen sind."

Kate sah sie verdutzt an, dann musste sie lachen.

„Okay. Komm einfach rein."

Sie trat zur Seite und ließ Mary den Vortritt.

Mike starrte seine neue Partnerin an, als käme sie geradewegs vom Mond. Er fasste sich allerdings schnell, als er sah, wie Mary das aufgestellte

Whiteboard musterte.

„Wir treffen uns hier, weil das LKA den Fall Marianne Jäger an sich gezogen hat und mit Sicherheit auch den Fall von Susanne Geilert, der Toten, an sich reißen wird."

Die junge Kommissarin zog langsam ihre Jacke aus, setzte sich auf einen freien Platz und nickte den anderen Anwesenden zu.

„Das ist zu befürchten", sagte sie trocken und lehnte sich zurück. Mike wechselte einen kurzen Blick mit dem Staatsanwalt.

„Mary, wir wollen dich nicht mit in diese Sache hineinziehen, die für uns alle nicht ohne Folgen bleiben wird", ergänzte Mike mit scharfen Tonfall.

Die junge Frau nickte und nahm von Kate ein Glas Limonade entgegen, das sie auf dem kleinen Tisch neben ihrem Sessel abstellte.

„Und deswegen sollte ich außen vorbleiben, nicht wahr?"

Als Mike nicht antwortete, sah sie ihn intensiv an.

„Verstehst du das unter Teamarbeit? Das du Frieder außen vor lässt, das verstehe ich, er steht wirklich am Anfang seiner beruflichen Laufbahn, aber ich bin ein…nun ja, mittelalter Hase. Das ihr das hier allein durchziehen wolltet, kränkt mich. Es gibt mir das Gefühl, nicht dazuzugehören."

Kate hatte sich wieder gesetzt und sah in die Runde.

„Ich verstehe Mary. Vielleicht ist es auch für euch ganz gut, einen Blick von draußen zu haben, gerade weil Mary noch nicht so tief involviert ist."

Sie sah jetzt den Staatsanwalt an, der langsam nickte.

„Was Frau Schulz sagt, ist durchaus berechtigt."

Dann sah er Mary Struwe intensiv an.

„Wenn sie davon überzeugt sind, vielleicht ihre Karriere zu ruinieren, willkommen an Bord."

„Gut", sagte jetzt Steven und schaute auf seinen Laptop. „Ich habe mich intensiv mit den Zahlungen auf Mariannes Konto und den E-Mails beschäftigt. Wer immer auch dahinter steckt, es ist verdammt professionell gemacht. Einen Beweis, dass Marianne nicht involviert war, habe ich leider noch nicht gefunden."

Als Omar aufstöhnte, hob Steven die Hand.

„Aber ich habe ihr Bewegungsprotokoll von dem Tatabend und der Tatnacht und die eingeloggten Geräte zum ungefähren Tatzeitpunkt am Funkmast in der Nähe des Elsterparkplatz."

Der Staatsanwalt sah ihn aufmerksam an.

„Aber wie…", fragte er, schüttelte aber leicht den Kopf.

Steven grinste etwas schief.

„Ich bin da direkt unter dem Radar des LKA geflogen, die müssten also auf dem gleichen Stand sein wie ich." Dann erhob er sich und ging zum Whiteboard.

„Marianne war an diesem Freitag bis 14.55 Uhr im Polizeipräsidium eingeloggt, dann auf dem direkten Weg nach Hause in einigen Funkmasten. Dort war sie eine halbe Stunde, danach war sie auf der Liebknechtstraße."

Als Mike die Stirn runzelte, lächelte Steven ihn an.

„Schon recherchiert. Dort ist ihr Friseur, Salon Schöller."

Er arbeitete weiter an seiner Zeitschiene.

„Ab 18.30 Uhr war sie für vier Stunden an der Strassbergerstrasse eingeloggt, vorderer Bereich. Wenn du mich fragst, Handelshaus?"

Mike nickte. „Und dann?", fragte er.

Steven holte tief Luft. „Jetzt wird es wirklich verrückt. Ab 23.00 Uhr ging es quer durch Plauen, immer mit kurzen Stopps. Am Ende war sie gegen 1.30 Uhr auf dem Parkdeck eingeloggt."

Mike schüttelte den Kopf und rieb sich mit beiden Händen im Gesicht. Dann ließ er sich im Sessel zurückfallen.

„Marianne kannte Susanne Geilert, also macht diese ganze Verkleidungsnummer keinen Sinn. Wenn sie die Bekannte war, mit der sie sich getroffen hat, warum hat sie ihrer Freundin Annegret Bücher nichts davon erzählt? Sie alle kannten sich schon seit der Schulzeit."

Steven deutete auf seinen Laptop.

„Die Verbindungsnachweise. Marianne hat mindestens sieben Mal mit einem Prepaid Handy telefoniert, einmal auch an jenem Sonntag. Genau zu der Zeit, die du mir genannt hast."

Er sah Mike an, der seinerseits nickte. „Annegret Bücher hat gesagt, sie habe vermutet, Marianne sei dienstlich angerufen worden, weil sie etwas erregt gewirkt hatte bei dem Telefonat", erläuterte Mike den anderen.

Der Staatsanwalt nippte langsam von seinem Getränk. Dann stellte er das Glas ab.

„Wir können es drehen und wenden, wie wir wollen, irgendwie scheint alles gegen Frau Jäger zu sprechen."

Mary Struwe, die bisher geschwiegen hatte, hob den Kopf. „Genau so soll es wahrscheinlich wirken, es ist fast schon zu perfekt."

Dann sah sie Kate an.

„Ich hätte da eine Idee."

Kapitel 10

Jasmin legte ihre Serviette zusammen und lehnte sich auf dem Stuhl zurück. „Also das Essen, à la bonne heure", sagte sie mit einem so lasziven Augenaufschlag, dass sich Kate das Lachen gerade noch verkneifen konnte.

Der junge Kellner errötete etwas und lächelte sichtlich erfreut.

„Ich werde ihr Kompliment dem Koch gern ausrichten", sagte er und Jasmin neigte leicht den Kopf.

„Ich bin wirklich begeistert, das Essen, das Ambiente, wir sollten wirklich öfter hierherkommen", sagte Jasmin in Richtung Kate, die nickte.

„Das würde uns freuen", sagte der Kellner und deutete auf die Speisekarte. „Vielleicht noch ein Dessert?"

Kate hob die Hand. „Für mich nicht. Nur einen Espresso."

Jasmin nickte. „Gut. Ich auch."

Kate beugte sich etwas zu dem jungen Mann hin.

„Sagen sie, hatten sie zufällig vergangenen Freitag Dienst?"

Dieser schüttelte bedauernd den Kopf. Dann zeigte er auf einen etwas älteren Mann.

„Bernhardt war vergangene Woche da."

Kate lächelte. „Könnten sie ihn bitte fragen, ob er für einen Augenblick zu uns kommen könnte?"

Der junge Mann nickte und nur fünf Minuten später

stand besagter Bernhardt an ihrem Tisch.

Kate öffnete ihr IPhone und zeigte ihm zwei Bilder.

„Waren diese beiden Damen am vergangenen Freitag hier?"

Der Kellner sah von Kate zu Jasmin und wieder zurück. „Sind sie auch von der Polizei?"

Mike hatte recht, das LKA war schnell gewesen.

Als Kate nicht antwortete, beugte sich der Kellner etwas näher an sie heran.

„Die Polizeibeamtin hat mir ziemlich deutlich gesagt, dass ich niemand Auskünfte geben soll."

Kate schob ihm ihre Visitenkarte hin.

„Es geht um eine gute Freundin."

Sie tippte auf Marianne. „Sie liegt im Koma und kann sich nicht gegen Verdächtigungen wehren, die die Polizei gegen sie erhebt."

Dann deutete sie auf das Bild von Susanne Geilert.

„Und sie wurde getötet."

Der Kellner schluckte und drehte Kates Visitenkarte in der Hand. Dann schob er sie über die Tischdecke zurück in Kates Richtung.

Aus dem Augenwinkel sah diese Jasmins enttäuschte Miene. Bereits im Gehen begriffen, wandte der Kellner leicht den Kopf.

„Ich habe in zwanzig Minuten Pause und da rauche ich gern eine Zigarette, hinten auf der Gartenterrasse. Meist ist dort niemand, einfach noch zu kalt."

In diesem Moment wurde ihr Espresso serviert und Bernhardt ging in seinen Bereich zurück.

„Sie waren beide am Freitag gegen 18.30 Uhr hier. Ihre Freundin hatte den Tisch reserviert", sagte der Kellner zu Kate und zog genüsslich an seiner Zigarette. Er hatte recht, es war wirklich lausig kalt und auch der schöne Blick auf das erleuchtete Malzhaus machte die Situation nicht besser.

„Jedenfalls hatte die andere Frau, von der sie sagen, sie ist tot, schwarze Haare, nicht wie auf dem Bild und sie waren auch lang. Perücke?"

Er sah wieder Kate an die nickte.

Er lächelte etwas. „Dachte ich mir. Sie wirkte auch...irgendwie unruhig. Ständig sah sie zur Tür, musterte die anderen Gäste."

Dann schnippte er die Zigarette weg.

„Jedenfalls war ihre Freundin ganz schön angetrunken, obwohl…"

Er runzelte etwas die Stirn. „So viel hatten die beiden Damen gar nicht an Getränken, also alkoholische, meine ich. Aber sie verträgt wohl nichts? Die Perückendame musste sie geradezu stützen als sie gegen 23.00 Uhr raus sind."

Kate und Jasmin wechselten einen Blick. Damit war wohl alles klar. Der Kellner deutete nach innen.

„Ich muss dann wieder. Hoffentlich bekomme ich jetzt nicht mit der Polizei Probleme?"

Kate schüttelte den Kopf. „Nein, definitiv nicht."

Er winkte ab. „Das kam mir sowieso alles etwas seltsam vor. Diese Beamtin, die wirkte genau so nervös wie die Perückendame."

Kate sah Jasmin an.

„Jetzt frage ich mich, warum Casta Meinike so nervös ist?"

Der Kellner lächelte. „Vielleicht hat sie gedacht, ich erkenne sie nicht wieder, weil sie an dem Abend in einem anderen Bereich saß und von einem Kollegen bedient wurde. Aber ich vergesse nie ein Gesicht."

Mit federnden Schritten ging er in Richtung Gaststätte zurück.

„Na das ist ein Ding", murmelte Jasmin.

Kate zog fröstelnd die Schultern hoch.

„Ich glaube nicht an Zufälle. Komm, lass uns rein gehen. Es ist echt schweinekalt."

Staatsanwalt Doktor Gebhardt sah alles andere als glücklich aus.

Steven saß betont lässig, seinen allgegenwärtigen Laptop vor sich, ihm gegenüber und zuckte leicht die Schultern.

„Sie hatten gesagt, ich soll zumindest die Gangart mit ihnen absprechen, wenn schon nicht die Details."

Gebhardt sah zu Mike und Kate, dann seufzte er.

„Das LKA zu hacken geht wohl ein bisschen zu weit."

Als Steven etwas erwidern wollte, deutete Kate ihm zu schweigen. Dann wandte sie sich an den Staatsanwalt. „Ich glaube nicht, dass sie über eine offizielle Anfrage irgendetwas herausbekommen könnten. Oder haben sie eine Verbindung, die sie nutzen könnten?"

Gebhardt stieß geräuschvoll die Luft aus.

„Verbindungen habe ich viele, aber leider nicht in diesem konkreten Fall."

Kate hob die Hände. „Na also. Und keiner spricht davon, dass LKA zu hacken" Sie malte mit ihren erhobenen Händen Gänsefüßchen in die Luft. „Es geht um eine Personalie. Kurz rein und wieder raus."

Aus dem Augenwinkel sah sie Steven über ihre laienhafte Darstellung grinsen.

Gebhardt winkte ab. „Gut. Aber wenn uns das um die Ohren fliegt…"

„Wird es nicht, halten sie mich für einen Stümper?", unterbrach Steven ihn gekränkt.

Der Angesprochene schüttelte den Kopf und wandte

sich an Mike. „Wie sieht es mit der Toten aus?"

„Anfrage des LKA bei Hauptkommissar Kögler läuft, darum sputen wir uns, noch alle möglichen Infos abzugreifen."

Er nickte Karsten zu.

„Hier bewegen wir uns ja, zumindest derzeit noch, auf legalem Gebiet."

Er grinste und Mike drehte die Augen nach oben. Karsten winkte ab.

„Gut. Susanne Geilert hatte in der ehemaligen DDR ganz schön Karriere gemacht, war wohl auch für die Stasi tätig, aber ihre Akte ist in den Wirren der Wende untergegangen. Trotzdem scheint es einige gegeben zu haben, denen sie, ich sag mal so, ans Bein gepinkelt hat. Das war vielleicht auch der Grund, dass sie 1990 nach Amsterdam ausgewandert ist. Sie war holländische Staatsbürgerin, hat in einem Bekleidungsgeschäft halbtags gearbeitet. Keine Angehörigen. Vor fünf Jahren hatte sie einen tödlichen Autounfall. Laut den Kollegen in Amsterdam wurde sie anhand ihres Zahnstatus identifiziert und da keine Fremdeinwirkung nachzuweisen war, wurde ihre Leiche freigegeben und eingeäschert."

Er hob beide Hände.

„Nur, wer auch immer in dem Auto gesessen hatte, war definitiv nicht Susanne Geilert."

Kate sah Mike an. „Ob das irgend so eine alte Stasiverstrickung ist?"

Der zuckte die Schultern. „Keine Ahnung. Aber wie passt Marianne da hinein?"

93

Kate nickte langsam. „Und wie passt Casta Meinike hinein, die ganz zufällig am gleichen Abend im Handelshaus saß wie Marianne und Susanne Geilert? Hier stimmt etwas nicht."

Staatsanwalt Doktor Gebhard sah von Mike zu Kate. „Noch liegt der Fall bei der Plauener Kripo. Fahren sie nach Amsterdam, ich regle das mit Hauptkommissar Kögler."

Kate lächelte Mike an.

„Na dann, auf nach Amsterdam."

Immerhin hatte der Kurztrip von Kate und Mike nach Amsterdam ein paar neue Erkenntnisse gebracht.

Als sie sich zwei Tage später wieder in ihrer vorläufigen Kommandozentrale einfanden, wie Kate das Wohnzimmer nannte, musste diese fast über Staatsanwalt Gebhardt lachen, der wie ein kleiner Junge, der dringend zu Toilette muss, auf seinem Sessel umherzappelte, so sehr gierte er nach den Neuigkeiten. Auch Steven hatte bereits seinen Laptop vor sich ausgebreitet und wartete auf das Startsignal.

Zuerst hatte Omar ein kurzes Update gegeben.

„Zu Marianne, ihr Zustand ist nach wie vor kritisch, aber stabil. Dann zu den Befunden von Susanne Geilert. Für den Fall, dass sie ebenfalls betäubt worden ist, es ist nichts mehr nachzuweisen. Aber eine andere interessante Tatsache. Sie hatte mehrere kosmetische Eingriffe."

„Schönheitsoperationen?", warf Karsten ein, aber Omar schüttelte bedächtig den Kopf.

„Da kann ich mich nicht festlegen. Die Nase war operiert, Wangenknochen, Mundpartie."

Mary Struwe sah zu Kate hin, die ihre Gedanken zu erraten schien und nickte. Mike, der den Blickwechsel bemerkt hatte, sah Mary auffordernd an.

„Vielleicht wollte sie untertauchen?", sagte sie und Mike nickte langsam.

„Naja, jetzt mal zu unseren Erkenntnissen. Susanne Geilert wohnte bis zu ihrem vermeintlich tödlichen Unfall im Amsterdamer Jordaan Viertel. Schöne

95

Wohnung mit Blick auf die Prinsengracht. Eine ziemlich angesagte Wohngegend mit satten Mietpreisen. Wenn man sich überlegt, dass Frau Geilert halbtags in einem Bekleidungsgeschäft gearbeitet hat und alleinstehend war, ist das schon eine ziemliche Hausnummer."

Er nickte Kate zu.

„Ich habe mich mit einer ehemaligen Nachbarin von ihr unterhalten, die fließend englisch spricht", fuhr diese jetzt fort. „Sie meinte, Susanne wäre eine sehr angenehme Nachbarin gewesen, ruhig, wenn auch nicht eben gesellig oder mitteilsam. Oberflächlich freundlich, so hat sie es ausgedrückt. Sie war oft tagelang nicht zu Hause gewesen und habe das mit Messeeinkäufen für das Bekleidungsgeschäft begründet. Die Wohnung habe sie sich leisten können, weil sie eine Erbschaft gemacht hat."

Hier hakte wieder Mike ein.

„Wir waren daraufhin in jenem Bekleidungsgeschäft und uns wurde versichert, dass Frau Geilert nie auf einer Messe war. Im Übrigen zeigten sich die Amsterdamer Kollegen sehr kooperativ, zumindest am ersten Tag. Da erfuhren wir, dass Frau Geilert keine Erbschaft gemacht hatte, das verifizierten sie über das Finanzamt."

„Am ersten Tag?", fragte der Staatsanwalt dazwischen.

Mike nickte.

„Ja, denn dann erhielten sie einen Anruf vom LKA in Deutschland mit dem ausdrücklichen Ersuchen, nur

LKA-Beamten gegenüber Auskünfte zu geben."

„Verdammt", murmelte der Staatsanwalt. „Das ging ja schnell."

Kate lächelte etwas.

„Glücklicherweise war der Kollege vor Ort davon wenig beeindruckt. Wir trafen uns am Abend noch einmal mit ihm, ganz privat, in einem Coffeeshop. Dabei wurde auch das Rätsel gelöst, wie Susanne Geilerts Fingerabdrücke bei Europol gelandet sind. Sie war einmal in eine körperliche Auseinandersetzung verwickelt, wo nicht ganz klar war, wer der Schuldige war. Es waren Ausländer in den Fall involviert und deshalb nahm man es ganz genau. Und jetzt haltet euch fest. Man hat versucht, diese Akte unter Verschluss zu halten, aber mehr konnte uns der nette Inspecteur auch nicht sagen."

„Ominös, sehr ominös", murmelte Omar und nahm noch ein Häppchen vom Teller.

Steven deutete auf seinen Laptop.

„Darf ich jetzt?", fragte er.

Als Mike nickte, holte dieser Luft.

„Also, wie Kate so schön sagte, einmal kurz beim LKA rein und wieder raus."

Dabei zwinkerte er ihr zu. Dann sah er den Staatsanwalt an.

„Keine Angst, ich habe sauber gearbeitet und niemand wird etwas merken."

Dessen Aufatmen war im ganzen Raum zu hören.

„Casta Meinike ist seit zehn Jahren beim LKA, vorher war sie bei der Drogenfahndung, Berlin und

Hamburg. Beim LKA ist sie hauptsächlich mit Wirtschaftskriminalität beschäftigt. Ansonsten, geschieden, keine Kinder. Was sehr interessant ist, sie ist bereits zwei Tage, bevor das alles mit Marianne passierte, hier in Plauen angereist."

Kate schien zu überlegen.

„Das ist wirklich seltsam. Könnten wir nicht einmal mit Roman Würtenberger, dem Leiter der Drogenfahndung, sprechen? Wenn Hauptkommissarin Meinike bei der Drogenfahndung in Hamburg war, kennt er sie mit Sicherheit."

Mike sog hörbar die Luft ein.

„Wir dürfen nicht mehr im Fall Marianne ermitteln und ich will wetten, ab morgen auch nicht mehr im Fall Geilert."

„Bereits ab heute", warf der Staatsanwalt lakonisch ein und hielt sein Dienstsmartphone hoch.

„Na bitte", stöhnte Mike und Kate zuckte die Achseln.

„Dann werde ich mit ihm sprechen", sagte sie lächelnd.

Es war für Kate ein Leichtes gewesen herauszufinden, wo sich Hauptkommissar Würtenberger seine Abende vertrieb.

Ro, wie er von allen genannt wurde, bevorzugte thailändisches Essen und war regelmäßiger Gast im thailändischen Restaurant am Tunnel.

Kurz nach 20.00 Uhr trat Kate im BAAN THAI durch die Tür und winkte dem heraneilenden Kellner freundlich zu und deutete auf den Zweimanntisch am Fenster, wo der Hauptkommissar allein saß.

Sie trat näher und deutete auf den leeren Stuhl.

„Guten Abend, darf ich?"

Er schien nicht sonderlich erstaunt sie hier zu sehen und wenn doch, konnte er es geschickt verbergen.

Kein Wunder, hatte er doch viele Jahre Undercover in Hamburg unter dem Namen die Ratte ermittelt und es war schließlich seinem Einsatz zu verdanken, dass einer der größten Drogenclans hochgenommen werden konnte. Seine Tattoos, die auch heute wieder unter dem Hemd mit zurückgekrempelten Ärmeln sichtbar wurden, waren damals bewusst lausig schlecht gestochen wurden, als wären es Knasttattoos und die Nadeleinstichnarben waren unter ärztlicher Aufsicht und natürlich ohne Drogen entstanden.

Aber alles in allem erschien sein Äußeres damals so täuschend echt, dass er bis in den innersten Kreis des Drogenkartells eindringen konnte.

Danach war es ratsam, die Ratte ebenfalls verschwinden zu lassen und Roman Würtenberger begann wieder ein normales Leben bei der Drogenfahndung, allerdings auch zu seiner Sicherheit weit weg von Hamburg und so war er nach Plauen gekommen.

Er erhob sich leicht von seinem Stuhl.

„Kate Schulz, was verschafft mir die Ehre? Sie wollen mir doch nicht etwa Gesellschaft leisten?"

Sie setzte sich und nahm die Speisekarte zur Hand.

„Warum nicht? Oder pflegen sie noch immer das einsamer -Wolf -Image?"

Er schmunzelte etwas und Kate sah in Richtung der Kellnerin, die sie schon im Blickfeld hatte.

„Ich hätte gern einmal Gäng Pat Phak und ein Mineralwasser."

Der Hauptkommissar lächelte. „Oh, sehr gesund", meinte er, während Kate auf seinen Teller sah.

„Panäng Muh?", fragte sie und er nickte.

„Sie kennen sich aus."

Kate lächelte.

„Ich hatte einen Kollegen mit thailändischen Wurzeln. Seine Mutter lud uns regelmäßig zum Essen ein und mit solchen Mengen, dass ich mir jedes Mal schwor, nie wieder."

Sie lachten beide.

„Vermissen sie ihre Arbeit beim FBI?", fragte er, nachdem er sich ein Stück Schweinefleisch in den Mund gesteckt hatte.

Kate nahm einen Schluck von dem Mineralwasser, das bereits serviert worden war.

„Manchmal schon, aber es wird seltener. Anfangs hier in Plauen habe ich meine Entscheidung schon mehrfach in Frage gestellt. Naja, Atlanta und Plauen, da sind schon Welten dazwischen."

Er nickte. „Ja, das ist schon zwischen Hamburg und Plauen so."

Er hielt inne, weil Kates Gäng Pat Phak serviert wurde. Während sie bedächtig ihre gebratenen Champignons in den Mund steckte, spürte sie, wie Roman Würtenberger sie musterte. Schließlich legte sie ihre Stäbchen zur Seite.

„Also Kate, was wollen sie?"

Die lehnte sich etwas zurück.

„Was macht Casta Meinike hier?"

Einen Moment starrte er sie an, dann lachte er so laut auf, dass sich einige Gäste nach ihnen umdrehten. Beruhigend hob er die Hände und gluckste noch eine Weile vor sich hin, während Kate keine Miene verzog.

Dann sah er sie an.

„Sie meinen es ernst, nicht wahr? Kate, die gesamte K ist von dem Fall oder sollte ich sagen den Fällen abgezogen und sie wollen mich hier aushorchen?"

Er schüttelte den Kopf und nahm wieder ein Stück Fleisch, um es in den Mund zu schieben.

Als Kate nichts sagte, blickte er auf. Schließlich legte auch er seine Stäbchen ab und schob den Teller von sich.

Er deutete zum Fenster: „Schöner Blick hier. Ich genieße ihn, direkt Richtung Lutherpark. Die schöne Kirche und doch weiß ich, dass genau dort Drogen vertickt werden. Zwar wird offiziell die Sache etwas heruntergespielt, aber wissen sie was, Kate? Wir haben ein verdammtes Drogenproblem."

Kate nippte von ihrem Mineralwasser und schwieg, während ihre Teller abgeräumt wurden. Dann sah sie Würtenberger an.

„Der Araber?", fragte sie und er zuckte leicht die Schultern.

„Dachte ich auch und habe mich da ziemlich verrannt. Ja, er ist auch im Geschäft, aber was sich jetzt herauskristallisiert, das ist eine ganz andere Hausnummer."

Kate schien zu überlegen, ehe sie erneut ihr Glas zur Hand nahm, aber nicht daraus trank.

„So eine Art Drogenkrieg?"

Er zog die Nase etwas hoch. Das reichte Kate.

Plötzlich lehnte sich Würtenberger zu ihr hinüber.

„Ich denke auch, dass Marianne da in eine Sache hineingeraten ist, bei der…"

Kate stellte ihr Glas so hart auf den Tisch das es klirrte.

„Wollen sie damit andeuten sie hat sich schmieren lassen?"

Unwillkürlich hatte sie ihre Stimme erhoben und ein Gast starrte zu ihnen herüber. Der Hauptkommissar lächelte entschuldigend zu ihm hin und legte seine Hand auf Kates Arm. Dann sah er sie eindringlich an.

„Kate, sie waren selbst beim FBI. Wie sieht es für sie aus?"

Diese setzte zu einer harschen Erwiderung an, hielt aber inne und nickte schließlich. Ron hatte recht. Alles wies in diese Richtung, auch wenn sie in ihrem tiefsten Inneren überzeugt davon war, dass Marianne mit der Sache nichts zu tun hatte. Der Hauptkommissar zog langsam seine Hand zurück.

„Na also, alle Indizien sprechen gegen Marianne."

Er machte eine Pause und sah wieder aus dem Fenster.

„Die Frage ist doch, wer könnte ein Interesse daran haben, das wir genau das glauben?"

Mit einem Lächeln sah er Kate an und die lächelte zurück.

Kapitel 11

„Ich wusste nicht, dass du Besuch hast", sagte Kate
zu Bogdan Serwowitsch, als sich an ihm ein riesiger
Hund vorbeidrängte und Kate intensiv beschnup-
perte.

„Pass auf, dass er dich nicht zu Boden reißt, er hat
eine etwas stürmische Willkommenskultur", sagte
Bogdan und Kate musste grinsen, da sie sich an
Olegs Schilderung der ersten Begegnung zwischen
Bogdan Serwowitsch und dem „Höllenvieh", wie
sein Bodyguard den Komondor mit dem ungewöhn-
lichen Namen *Kruste* erinnerte.

„Komm herein."
Bogdan nahm den Hund fest am Halsband und
führte ihn, gefolgt von Kate, in das weitläufige
Wohnzimmer, wo sich bereits eine Frau erhoben
hatte.

„Kate, das ist Kristine Domatsch, Kristine, das ist…"
„Die berühmte Kate Schulz", sagte diese und steuerte
mit einem Lächeln auf Genannte zu.

„Ich habe schon so viel von ihnen gehört, dass ich
glaubte, sie bereits zu kennen, Frau Schulz."
Kate ergriff die ihr gereichte Hand.

„Kate bitte."
„Was darf ich dir anbieten, meine Liebe?", fragte
Bogdan und Kate holte Luft. „Ich wollte…"

„Sicher allein mit ihm sprechen. Kruste und ich wollten uns sowieso verabschieden", warf Kristine Domatsch ein. Sie wehrte Kates Einspruchsversuch mit

einem Wedeln der Hand ab.

„Aber vielleicht könnten wir zwei Mal einen Kaffee zusammen trinken?", sagte sie zu Kate.

Diese nickte und reichte ihr eine Visitenkarte.

„Wann immer es ihnen passt, rufen sie mich an."

Während Bogdan sie und den Hund nach draußen brachte, setzte sich Kate. Kurz darauf kehrte er zurück und Kate zuckte die Achseln.

„Das wollte ich wirklich nicht. Ich hätte anrufen sollen."

Bogdan nahm ein Mineralwasser aus der kleinen Bar und stellte es Kate hin.

„Rede keinen Unsinn. Kristine wollte schon vor einer halben Stunde gehen."

Er tat die Tatsache mit einer Handbewegung ab.

Dann sah er Kate an. „Wie geht es Marianne?"

„Stabil, aber immer noch kritisch."

Er nickte betrübt. Dann erzählte sie ihm alles, was sie bisher wussten, die Anschuldigungen des LKA gegen Marianne und dass die Plauener K völlig aus dem Fall raus war. Kate vertraute Bogdan zu 100%, darum ließ sie kein Detail aus. Seine Miene verfinsterte sich bei ihren Schilderungen immer mehr.

„Du hättest schon eher zu mir kommen sollen, Kate. Braucht Mariannes Familie irgendeine Form der Unterstützung?"

Kate schüttelte den Kopf.

„Das nicht. Aber ich habe eine Bitte an dich. Ich weiß, dass du mit Drogen nichts am Hut hast, aber der Leiter der Drogenfahndung deutete mir gegenüber an, dass hier eine Art Neuverteilung in Bezug auf die Vormachtstellung im Drogendealermilieu stattfindet. Irgendjemand will die Kontrolle übernehmen."

Langsam nickte Bogdan. Natürlich bekam er in seinem Geschäft als Bordellkönig von Plauen, wie er gern bezeichnet wurde, einiges mit.

„Ja, es soll da eine Art Revierkrieg ausgebrochen sein. Ich könnte mich einmal umhören..."

„Bogdan, uns läuft die Zeit davon", unterbrach Kate ihn. „Ich muss noch einmal mit dem Araber sprechen, kannst du das wieder arrangieren?"

Als er sie alarmiert ansah, winkte sie ab.

„Dieses Mal weiß Mike Bescheid. Er ist nicht begeistert von der Idee, sieht aber ein, dass unsere Optionen langsam ziemlich beschränkt sind."

Bogdan seufzte, nickte aber.

Kate stand auf und umarmte ihn. „Ich danke dir."

Er brachte sie noch zur Tür. Dort blieb Kate stehen und sah ihn an.

„Kristine und du, ist das was Ernstes?"

Er lächelte schwach. „Ich hoffe es."

Sie hob den Kopf. „Aber?"

Er seufzte. Dann streichelte er ihr sanft über den Arm.

„Weißt du, Kate. Ich suche keine Affäre, sondern eine Frau, die ich heiraten und mit der ich Kinder haben kann. Ich weiß nicht, ob Kristine dazu bereit ist, besonders..." Er holte Luft. „Besonders bei meinen bestimmten Umständen."

Kate nickte und ging zu ihrem Auto.

Sie winkte Bogdan zu und ehe er die Haustür schloss, rief sie ihm zu: „Frag sie einfach."

Kate erinnerte sich noch gut daran, wie Bogdan Serwowitsch im Winter das erste Treffen mit dem sogenannten Araber arrangiert hatte.

„Sollte Frau Schulz auch nur das Geringste passieren, mache ich sie ganz persönlich verantwortlich. Ist das klar?", hatte er auf Russisch zu dem Mann gesagt, der sie damals abgeholt hatte.

Es war wieder der gleiche Mann, der sie auch heute wieder mit der gleichen dunklen Limousine abholte. Und auch Bogdan wiederholte fast die gleichen Worte wie damals.

„Frau Schulz ist, wie vereinbart weder verkabelt, noch hat sie ein Handy bei sich. Ich erwarte sie in einer Stunde wieder hier. Keine Minute später."

Wie damals nickte der Mann zustimmend und gab dem Fahrer ein Zeichen. Dieser stieg ein.

Dann sah er Kate an.

„Bitte, Frau Schulz, sie kennen das Prozedere."

Kate lächelte und folgte ihm ins Innere des Wagens. Ihr Begleiter setzte sich auf die andere Seite und hielt ihr wieder eine Maske aus einem dünnen, schwarzen, elastischen Stoff hin. Ohne dass er etwas sagen musste, kam Kate der Aufforderung nach.

„Natürlich überprüfe ich jetzt wieder den korrekten Sitz", sagte die Stimme neben ihr und sie nickte stumm.

Der Wagen setzte sich langsam in Bewegung. Unbemerkt von ihrem Begleiter legte sie wieder die Fingerspitzen von Zeige- und Mittelfinger auf ihren Puls am rechten Handgelenk und zählte stumm.

Da sie eine kontinuierliche Pulsfrequenz von 60 Schlägen pro Minute hatte, konnte sie so genau die Zeit bestimmen, die sie unterwegs waren.

Es schien die gleiche Strecke wie im Winter zu sein, denn nach vierzehn Minuten rollte der Wagen aus und hielt dann an.

Sanft wurde ihr aus dem Auto geholfen und ein Arm stützte sie. Sie hörte das Quietschen einer schweren Tür, intensiver als damals, scheinbar weil sie es jetzt erwartete. Schließlich betrat sie die Industriehalle, die heute keineswegs so kalt war, wie vor ein paar Monaten.

Dieses Mal kündigte sie ihr Begleiter nicht an, sie spürte nur, wie er stoppte und ihren Arm losließ.

„Ah, Frau Schulz, welche Ehre."

Die Stimme mit dem arabischen Akzent klang amüsiert. Sie nahm die Augenbinde vorsichtig ab, niemand hinderte sie daran und sah sich nach einem Stuhl um. Ihr Begleiter brachte ihr einen und sie setzte sich.

Das grelle Licht, das wohl verhindern sollte, dass sie ihr Gegenüber sah, war wirklich nervig und irgendwie lächerlich.

„Das ist wie bei dem Frosch mit der Maske", sagte sie und schüttelte den Kopf.

„Welcher Frosch?" Die Stimme klang verwirrt und Kate musste sich Mühe geben, nicht laut aufzulachen.

„Sie sollten sich mal die alten Edgar Wallace Filme ansehen", sagte sie und als ihr Gegenüber schwieg, machte sie eine Bewegung mit der Hand.

„Ist unwichtig."

„Ich bin erstaunt, dass sie sich wieder bei mir einfinden, und sie haben es nur Bogdan Serwowitsch zu verdanken, dass ich eingewilligt habe."

Kate hätte zu gern gewusst, warum der Araber sich gegenüber Bogdan verpflichtet fühlte, aber sie hielt es für besser, weder den einen noch den anderen dazu zu befragen.

„Nun?", fragte er, als Kate nicht antwortete.

„Ich möchte wissen, ob es einen Konkurrenten im Drogenhandel hier gibt, der notfalls auch über Leichen geht."

Eine Weile war Stille in dem Raum, dann hörte sie ein leises Hüsteln.

„Sie glauben also, dass ich nichts mit dem Tod der Frau zu tun habe?"

Eines musste man ihm lassen, gut informiert war er.

„Ja, das glaube ich. Sagen sie…"

In diesem Moment wurde eine Tür aufgerissen und laute Worte in arabischer Sprache gerufen.

Die Lampe erlosch so plötzlich, das Kate völlig desorientiert war. Der Araber rief etwas in Russisch, was Kate glücklicherweise verstand.

„Igor, bring sie weg. Bring sie zu Bogdan und dann tauch unter. Schnell."

Eine Hand umklammerte ihr Handgelenk und zog sie auf die Beine.

„Was ist denn los?", fragte sie, als sie Schüsse hörte.

„Mist", murmelte sie und lief hastig stolpernd hinter dem Mann her, von dem sie jetzt zumindest wusste, dass er Igor hieß. Er zerrte sie so heftig am Handgelenk, das sie zwei Mal zu fallen drohte, sich aber wieder fangen konnte.

Sie war dankbar, Sportschuhe zu tragen und so einigermaßen trittfest zu sein. Der Mann riss eine Tür auf, dort war es zumindest etwas heller, aber dann öffnete er eine Falltür.

„Dort rein", befahl er und als Kate zögerte, sagte er drängend: „Bitte, Frau Schulz, schnell."

Mit einem tiefen Luftholen stieg Kate eine schmale Metalltreppe in eine unbekannte Tiefe hinab, während über ihr die Tür geschlossen wurde und ein kleines Licht flammte auf.

„Ich bin hinter ihnen", sagte Igor leise.

Über ihnen schien die Hölle ausgebrochen zu sein. Es waren vereinzelte Schüsse zu hören und jede Menge Geschrei. Kate hastete den schmalen Tunnel entlang, an dessen Wänden dicke Rohre verliefen. Der Boden unter ihr war glitschig und sie musste sich mehrmals an der Seite abstützen, weil sie ausgerutscht war.

Schließlich war nichts mehr zu hören, außer dem gelegentlichen Tropfen von Feuchtigkeit und einem Rascheln oder Huschen, was auf allerlei Getier in diesem Schacht hinwies.

Plötzlich blieb sie stehen und stützte die Hände auf die Knie.

„Nur eine Minute", sagte sie, obwohl sie durchaus hätte weiterlaufen können.

Igor blieb neben ihr stehen und lauschte in die Dunkelheit.

„Also gut", willigte er ein und lehnte sich gegen ein Rohr.

„Wer war das?", fragte Kate ihn und er sah sie aus dem Augenwinkel an.

Dann seufzte er.

„Die Russen, sie versuchen schon länger den Markt für sich einzunehmen. Aber dass sie so weit gehen, hat niemand gedacht."

Kate sah ihn von der Seite an. „Sind sie nicht selbst Russe?", fragte sie und ein geradezu beleidigter Blick traf sie.

„Ich bin Kosake", sagte er knapp.

Dann deutete er in die Dunkelheit. „Wir müssen weiter."

Kate nickte. „Nur noch eine einzige Frage. Warum hat ihr Boss Bogdan Serwowitsch zwei Mal den Gefallen getan mit mir zu sprechen und jetzt war seine größte Sorge, mich von ihnen in Sicherheit bringen zu lassen. Was ist das zwischen den beiden?"

Erst erhielt sie keine Antwort, aber scheinbar befürchtete Igor, dass seine Begleiterin, für deren Schutz er ja verantwortlich war, keinen Meter mehr gehen würde ohne eine befriedigende Antwort.

„Bogdan Serwowitsch hat ihm einmal das Leben gerettet. Jetzt müssen wir wirklich weiter, Frau Schulz."

Kate war klar, dass sie keine weiteren Details erfahren würde und setzte sich in Bewegung.

Sie liefen in schnellem Tempo weiter. Irgendwann bog der Weg ab und dann noch einmal und noch einmal, ein Labyrinth aus Gängen und Nischen.

Schließlich öffnete Igor eine Stahltür und sie kletterten eine schmale Metallstiege nach oben.

Die plötzliche Helligkeit blendete Kate für eine Weile und Igor schob sie in eine dichte Brombeerhecke. Wo, in Gottes Namen, waren sie hier?

Igor zog sein Smartphone aus der Tasche und ging ein paar Schritte zur Seite, um zu telefonieren.

Es schienen mehrere Telefonate zu sein. Als er zurückkam, sah Kate ihn an.

„Sie hätten die Gespräche auch hier führen können", sagte sie lakonisch und versuchte sich so wenig wie möglich zu bewegen, weil sich die Dornen des Strauches in ihren Haaren und der Jacke verfangen hatten.

Er lächelte kurz.

„Ich weiß, dass sie Russisch verstehen, Frau Schulz", sagte er und Kate grinste.

„Gut beobachtet", murmelte sie. „Und jetzt?", fragte sie.

„Wir werden abgeholt", sagte er und hockte sich völlig regungslos neben Kate.

Sie sah ihn eine Weile schweigend an, dann sagte sie: „Und sie waren Scharfschütze."

Jetzt lächelte er. „Gut beobachtet."

Kapitel 12

„Uns wurde aber keine Schießerei gemeldet", sagte Roman „Ro" Würtenberger und sah Kate an, als habe sie komplett den Verstand verloren.

„Wir leben hier in Plauen und nicht in Chicago und bei James Bond sind wir auch nicht", ergänzte er noch mit einem zynischen Grinsen.

Kate lehnte sich leicht über den Tisch des Leiters der Abteilung Drogenkriminalität.

„Jetzt kommen sie mal ein bisschen von ihrem hohen Ross herunter, Roman. Sie tun, als haben sie hier alles im Griff, aber das haben sie nicht. Dieser Araber spielt mit ihnen seit Jahren Katz und Maus und jetzt hat sich noch eine Russenbande etabliert und hier findet, unter ihren Augen, ein Drogenkrieg statt und sie haben so viel, nämlich nichts."

Kate öffnete beide Hände in der Luft, als lasse sie Vögel fliegen und Roman Würtenbergers Wangen nahmen eine ungesunde Röte an. „Das ist…"

Kate ließ die Hände sinken.

„Benehmen wir uns wie zivilisierte Menschen", unterbrach sie seinen, sich anbahnenden Wutausbruch.

„Ich kann ihnen ziemlich genau das ungefähre Quartier des Arabers sagen und dort dürften sie auch die Spuren der Schießerei finden."

Der Leiter der Drogenfahndung lehnte sich zurück.

„Gut. Nehmen wir an, das könnten sie. Was wollen sie als Gegenleistung?"

„Cleverer Junge", dachte Kate und holte Luft.

„Was ich ihnen bereits im BAAN THAI sagte, Informationen zu Casta Meinike und ihre Rolle, die sie hier spielt."

Würtenberger schüttelte den Kopf. „Wissen sie, was sie da verlangen? Das ist unmöglich."

Kate erhob sich. „Gut, dann gibt es nichts mehr zu sagen."

Auch Würtenberger erhob sich schnell und geschmeidig und vertrat ihr den Weg.

„Moment, sie wurden Zeugin einer strafbaren Handlung und…"

Kate drückte ihn sanft, aber energisch zur Seite.

„Sie haben doch selbst anklingen lassen, dass ich mir das wohl alles nur eingebildet habe. Schließlich sind wir ja hier in Plauen und nicht in Chicago. Ja, ich bin vielleicht ein wenig überarbeitet, sorry nochmals."

Damit legte sie die Hand auf die Klinke. Bevor sie sie herunterdrücken konnte, legte er seine Hand auf die ihre. „Sie haben mein Wort."

Kate nickte. „Gut, dann gebe ich ihnen mal einen Startpunkt. Von dort waren es genau vierzehn Minuten, davon zehn Minuten bei innerstädtischer Geschwindigkeit und vier Minuten bei ungefähr 90 km/h."

Würtenberger starrte sie an.

„Woher wissen sie das genau mit den vierzehn Minuten Fahrzeit? Sie hatten doch, nach eigner Aussage, die Augen verbunden und kein IPhone."

Kate legte ihre Fingerspitzen auf ihr Handgelenk.

„Meine Pulsfrequenz liegt bei genau 60 Schlägen pro

Minute. Ich hatte zwar die Augen verbunden, aber meine Hände nicht gefesselt."

Sie begann sich langsam wirklich über die erstaunte Mimik des Leiters der Drogenfahndung zu amüsieren.

„Woher haben sie das denn?", murmelte er und Kate zuckte die Schultern.

„Bei meiner Ausbildung als Bond-Girl gelernt", sagte sie lakonisch und sah ihn an.

„Aus diesen Daten müssten wir doch zumindest entsprechende Objekte eingrenzen können, oder?", fuhr sie fort und Würtenberger trat an sein Board heran um die Stadtkarte von Plauen sowie der umliegenden Gemeinden aufzurufen.

Er rechnete etwas hin und her und schließlich erschien ein Kreis.

„So, in diesem Bereich müsste es sein, wobei wir alle Ausdehnungen nach Norden, Süden, Osten und Westen haben."

Er trat etwas von dem Bildschirm zurück und dann fuhr sein Finger nach vorn.

„Hier. Das ehemalige Gelände der damaligen Sowjetarmee. Hier existiert noch weitgehendes Brachland, weil der Boden wahrscheinlich verseucht ist, mit was auch immer. Dort stehen noch einige verfallene Hallen."

Er wandte sich zu Kate um. „Kommen sie mit. Ich rufe Kilian Brehmer, den Leiter des SEK an."

Nachdem das SEK das Gelände und die beiden verfallenen Hallen abgesucht hatten, war klar, dass sich hier niemand mehr aufhielt. Aber sie waren am richtigen Ort. In der einen Halle standen mehrere neue Container, von denen einer wie ein Büro eingerichtet war. Dort befand sich auch noch die Lampe, die Kate geblendet hatte.

Mit in die Hüften gestützten Armen sah sich Roman Würtenberger um.

„Das ist nicht zu glauben", sagte er zwei Mal hintereinander.

Einer seiner Mitarbeiter kam heran.

„Ro, wir haben diesen Einstieg gefunden von dem Frau Schulz berichtet hat."

Kate folgte den beiden Männern und nickte schließlich. „Ja, das müsste er gewesen sein."

In diesem Moment hörte sie das leise Klacken von Absätzen und drehte sich um.

Casta Meinike stand, flankiert von mehreren Mitarbeitern, in der Halle.

„Hallo, Ro", sagte sie, dann maß sie Kate von oben bis unten. „Frau Schulz", sagte sie kurz und diese nickte.

„Wir übernehmen jetzt hier."

Kate warf einen Blick auf Roman Würtenberger, dessen Kopf eine beängstigende Rötung annahm. Er trat zwei Schritte auf die LKA-Beamtin zu.

„Bist du wahnsinnig geworden? Das hier hat weder etwas mit der Sache mit Marianne Jäger noch mit dem Tod der anderen Frau zu tun. Du bist nicht befugt..."

Casta Meinike gab ihren Mitarbeitern ein Zeichen, die bereits begannen, Spuren zu sichern.

„Doch, ich bin befugt und die Einschätzung, inwieweit Zusammenhänge bestehen, das musst du mir überlassen." Sie nickte auffordernd in Richtung Ausgang. „Das hat ein Nachspiel", knurrte der Leiter der Drogenfahndung und ging in Richtung Tor.

Als Kate ihm folgen wollte, stellte sich ihr die LKA-Beamtin in den Weg. „Wer hat die Verbindung zwischen ihnen und dem Araber hergestellt, Frau Schulz?"

Kate sah sie lange an, dann zuckte sie die Schultern.

„Ich weiß nicht, was sie wollen, Frau Meinike."

Damit ließ sie die LKA-Beamtin stehen.

Vor dem Tor traf sie auf Roman Würtenberger, der sich eine Zigarette angezündet hatte und schwer atmend beobachtete, wie das SEK und auch seine Leute in ihre Wagen stiegen und abrückten. Dann wandte er langsam den Blick und sah Kate an.

Die klopfte ihm auf die Schulter. „Kommen sie, die Schlacht ist verloren, aber nicht der Krieg. Es dürfte ihnen jetzt wohl etwas leichter fallen, ihr Versprechen einzulösen, oder nicht?", fragte Kate augenzwinkernd. Roman Würtenberger schnippte seine Zigarette weg und deutete auf sein Auto.

„Ich könnte jetzt einen Kaffee brauchen. Sie auch?"

Lächelnd ließ sich Kate auf den Beifahrersitz fallen. Roman Würtenberger begann, sich langsam etwas zu entspannen.

„Der Kaffee ist hier wirklich gut", sagte er zu Kate, die Daniel zuwinkte, ihr noch einen Cappuccino zu bringen. „Kein Wunder also, dass du dein Büro, ich meine ihr Büro…"

Kate zwinkerte ihm zu.

„Das du ist okay. Ja, es war einer von vielen Gründen vom Wilkehaus hier auf die Neundorferstraße zu ziehen. Vor allem habe ich jetzt etwas Eigenes."

Sie nahm ihre frische Tasse entgegen und sah dann den Leiter der Drogenfahndung an.

„Und?", fragte sie und er rührte langsam seinen Kaffee um, obwohl der schwarz und ohne Zucker war. Schließlich legte er den Löffel ab.

„Ich hatte mit Casta in Hamburg zu tun, als ich Undercover war. Daher wusste ich auch, was in der Szene so über sie gesprochen wurde. Sie war schon damals ein Bluthund und ist es heute noch. Wenn sie sich an einer Sache festgebissen hatte, dann ging sie über Leichen und das nicht nur im übertragenen Sinne."

Jetzt setzte sich Kate aufrecht hin.

„Ach", sagte sie nur und Roman nickte.

„Sie hatte einige Informanten in der Szene, du kennst das ja. Wir haben eigentlich immer alles dafür getan, das die Leute nicht aufgeflogen sind, in unserem, aber natürlich auch in ihrem eigenen Interesse. Casta hat das nicht interessiert. Zwei ihrer Informanten sind aufgeflogen, sie hat nicht einmal einen Finger gerührt, um sie zu retten. Man hat dann beide Männer tot aus der Alster gefischt. Kein schöner Anblick übrigens. Casta hatte ihre Informationen und ihren Erfolg, nur das interessierte sie. Der Fall war dann nur das Sahnehäubchen und hat intern zu ziemlich viel Wirbel gesorgt. Kurz darauf war sie beim LKA."

Als Kate schwieg, zuckte Roman die Schultern.

„Böse Zungen behaupten, sie habe Informationen über alles und jeden gesammelt und so sei man ihr seitens des LKA…hm…entgegengekommen."

Als Kate gedankenverloren an ihrem Cappuccino nippte, musterte Würtenberger sie.

„Lässt du mich an deinen Gedanken teilhaben?"

Sie sah ihn an.

„Ja, werde ich, aber nicht gleich. Ich habe etwas vor und ich denke, es ist auch ganz in deinem Sinne, aber es ist besser, du bleibst dabei vorläufig außen vor."

Sie sprang auf, klopfte ihm auf die Schulter und lief hinaus. Als er ihr verdattert hinterher sah, kam Daniel, um die Tasse abzuräumen.

„Das macht sie öfter", sagte er dabei lakonisch.

„Noch einen Kaffee?"

Roman nickte. Er hatte das Gefühl, das er gar nicht so richtig wissen wollte, was Kate vorhatte.

„Das sind ziemliche Anschuldigungen", sagte Staatsanwalt Gebhardt bei ihrer abendlichen Zusammenkunft. „Aber kann er davon irgendetwas beweisen?"
Kate seufzte und nippte an ihrem Limonadenglas.
„Das ist es ja. Daher habe ich einen Plan, wie wir
Casta Meinike aus der Reserve locken, aber dazu spä-
ter. Mich interessiert jetzt der Zusammenhang zwischen diesen drei Fällen, Mariannes Verletzung, der
toten Susanne Geilert und dem Drogenkrieg."
Mike, der bisher geschwiegen hatte, schüttelte lang-
sam den Kopf.
„Und wenn es keinen Zusammenhang gibt?"
Mary Struwe hatte sich aufrecht hingesetzt.
„Ich bin da Kates Meinung. Warum sollte Frau
Hauptkommissarin Meinike diese Drogengeschichte
auch noch an sich reißen, wenn sie schon die beiden
anderen Fälle okkupiert hat? Warum war sie schon in
Plauen, als von dem Überfall auf Frau Jäger und
diese Susanne Geilert noch gar keine Rede war?"
Omar lachte auf.
„Okkupiert, das gefällt mir. Aber ich denke auch wie
Kate und Mary. Hier muss es Zusammenhänge ge-
ben." Er stöhnte auf. „Wir kommen einfach nicht wei-
ter, weil wir keinen Zugriff mehr auf die aktuellen
Ermittlungen haben."
Kate war aufgesprungen und ging an die Tafel.
„Also, wir wissen, dass Susanne Geilert vor fünf Jahren untergetaucht ist, nachdem sie offiziell für tot er-
klärt worden ist. Das geht nicht ohne Hilfe, da sind
wir uns doch einig? Sie wurde anhand ihres

Zahnstatus identifiziert, da muss jemand im Hintergrund die Fäden gezogen haben. Danach hatte sie einige chirurgische Eingriffe, die ihr Aussehen veränderten. Bereits vorher bewohnte sie eine Wohnung, die sie sich als Halbtagsverkäuferin nie hätte leisten können und war angeblich auf Messen, wo sie nie war. Leute, das riecht doch geradezu nach Undercovereinsätzen, aber für wen?"

Noch ehe jemand etwas sagen konnte, fuhr sie fort.

„Dann taucht sie hier in Plauen auf und sucht Kontakt zu Marianne. Wahrscheinlich hatte sie sie gebeten, niemand etwas von ihrer Anwesenheit zu sagen. Daher wusste auch Mariannes Freundin in Bernsgrün nichts darüber. Jenes Telefonat, das Annegret Bücher bei Mariannes Besuch mitbekommen hat und von dem sie vermutete, es sei dienstlich gewesen, war von Susanne Geilert."

Mike nickte. „Darum konnte sie sich auch gefahrlos mit Marianne im Handelshaus treffen. Es hätte sie ja eh niemand mehr erkannt."

Der Staatsanwalt klopfte mit den Fingern leise auf die Tischplatte.

„Gut. Sie waren alte Schulfreundinnen. Aber das erklärt nicht die Beträge auf Frau Jägers Konto und die E-Mails mit den Warnungen vor den Razzien."

Kate sah zu ihm hinüber.

„Doch, das erklärt alles. Jemand wollte, dass alle Hinweise auf Marianne zielen."

Er schüttelte den Kopf. „Aber warum?"

Omar stöhnte hörbar auf. „Das ist die

Einhunderttausendeurofrage."

„Das denke ich nicht", wandte hier Mary Struwe ein. Dann sah sie Steven an, der mit einer eher belustigten Miene bisher schweigend zugehört hatte, um nebenher in seinem Laptop zu versinken.

„Steven, du hast doch gesagt, dass die Geldflüsse und die Mails nicht zurückzuverfolgen sind."

Dieser hob den Kopf.

„Ich hatte gesagt, nicht in dieser Zeitspanne. Ich brauchte deutlich mehr Zeit und noch ein paar…hm." Er warf einen kurzen Blick auf den Staatsanwalt und lächelte etwas. „Kontakte."

Mary winkte ab.

„Gut. Aber, ist es nach deiner Meinung möglich, dass diese Aktionen nach Mariannes Verletzung ausgelöst und quasi rückdatiert wurden?"

„Aber warum…", warf Mike ein, aber Mary hob die Hand.

Steven seinerseits nickte, ohne auch nur einen Augenblick zu zögern.

„Natürlich ist das möglich. Wer ein bisschen Ahnung davon hat bekommt es hin."

Mike sah von Mary zu den anderen.

„Soll das heißen, Marianne war einfach nur zu falschen Zeit am falschen Ort?"

Hier hakte Kate ein.

„Ich denke nicht, dass es so simpel ist, aber Marianne ist das, was man das klassische Bauernopfer nennt, wenn mir der Vergleich gestattet ist. Und Casta Meinike spielt dabei keine unwesentliche Rolle."

„Aber nichts davon ist zu beweisen, Frau Schulz",
warf hier Doktor Gebhardt wieder ein.

„Wir drehen uns im Kreis."

Kate sah zu ihm hin und nickte.

„Da gebe ich ihnen recht und deshalb jetzt zu meinem Plan."

Kapitel 13

Kate hielt es für besser, Maximilian Krause diesmal
direkt in der kleinen Redaktion in der Moritzstraße
aufzusuchen. Wie bereits bei ihrem allerersten Kontakt empfing eine junge Frau mit Dreadlocks sie, dieses Mal aber ungleich freundlicher.

„Frau Schulz? Kommen sie doch herein."

Kate reichte ihr die Hand. „Ich bin Kate."

„Laura", sagte die junge Frau und deutete auf einen
Raum. „Max ist da drin."

Kate lächelte und klopfte. Der Journalist der Freien
Plauener Stimme öffnete die Tür und sah Kate wie
vom Donner gerührt an. Schnell fasste er sich und
gab ihr die Hand. „Hallo", sagte er nur.

Sein Schreibtisch und das gesamte Umfeld sah genau
so aus, wie Kate es von ihm erwartet hatte.

Chaotisch, aber doch mit einer gewissen Struktur.

Kate war sich sicher, er wusste, wo in diesem Durch-
einander jeder einzelne Artikel oder Gegenstand war,
den er benötigte.

Gerade gab er einem Stapel Bücher einen Stoß, so
dass sie vom Stuhl auf den Boden knallten und bot
Kate den Platz an. Schließlich kramte er in einem
Schrank und zauberte eine Flasche Mineralwasser
und ein sauberes Glas hervor und stellte es vor Kate
hin. Dann setzte er sich ihr gegenüber und sah sie mit
der Haltung eines aufgeregten Erdhörnchens an.

„Maximilian, ich mache es kurz. Bist du an einer brisanten Geschichte interessiert, für die du allerdings

noch etwas recherchieren müsstest?"

Kate war einfach zum du übergegangen und der Journalist schien nichts dabei zu finden. Scheinbar waren seine Gedanken bereits ein paar Sätze weiter. Er nickte nur und Kate begann zu erzählen. Je länger und ausführlicher sie berichtete, desto größer wurden die Augen des jungen Journalisten.

Schließlich ließ er sich in dem Schreibtischstuhl zurückfallen. „Wow", sagte er nur und schien keinen Moment an den Aussagen von Kate zu zweifeln.

Diese sah ihn lange an. „Traust du dich an die Sache ran? Es könnte enormen Gegenwind geben und…"

Maximilian Krause hob die Hand.

„Wenn ich mich vor solchen Geschichten fürchten würde, bliebe ich wohl ewig der zweitklassige Journalist der Freien Plauener Stimme", sagte er mit Bitternis in der Stimme.

Kate musterte ihn erstaunt.

„Ach so, ich dachte, du siehst dich als Investigativ-Journalist?"

Der junge Mann lachte auf.

„Na klar, hier in Plauen? Zu Zeit ist einfach alles festgefahren. Darum erscheint mir das, was du mir sagst, wie ein Geschenk des Himmels. Das ist doch mal richtige journalistische Arbeit."

Kate nickte.

„Gut. Steven, mein Mitarbeiter, steht dir zur Verfügung. Alle anderen Kontakte nur über mich. Und jetzt zu meinen weiteren Bedingungen."

Mike rief gerade eine Akte auf, dann ließ er sich in seinem Schreibtischstuhl zurückfallen.

Er war derartig frustriert, dass er sich kaum noch auf die laufenden Ermittlungen konzentrieren konnte.

Glücklicherweise schien Frieder Lein nichts davon zu spüren und obwohl auch er enttäuscht war, dass der gesamte Fall jetzt in der Hand des LKA lag, fügte er sich in das Unvermeidliche. Schließlich wusste er nichts von den geheimen Treffen bei Kate und seinem Chef.

Auch Mary Struwe zeigte einen schier unermüdlichen Arbeitseifer und Mike war froh, sie im Team zu haben, auch wenn ihm Marianne fehlte.

Seufzend nahm er einen erneuten Anlauf, als seine Tür geradezu aus den Angeln gerissen wurde und Karsten Windisch hereinstürmte.

„Omar hat mich angerufen. Marianne ist aufgewacht."

Mike sprang auf, riss seine Jacke vom Haken und lief hinter Karsten her. Zusammen fuhren sie in die Klinik und redeten die ganze Fahrt über nur darüber, wie unglaublich erleichtert sie waren, einmal das es wirklich eine Verbesserung gab, zum anderen aber auch, dass Marianne ihnen jetzt hoffentlich sagen konnte, was wirklich geschehen war.

Kaum waren sie im Vorraum der Intensivstation angekommen, erhielt ihre freudige Stimmung einen deutlichen Dämpfer. Sie hatten natürlich in keinster Weise daran gedacht, das man ihnen den Zutritt schlicht verweigern könnte.

Der diensthabende Uniformierte machte dabei keinen sehr glücklichen Eindruck.

„Es tut mir leid, Herr Hauptkommissar, aber ich habe die Anweisung von Hauptkommissarin Meinike, niemand zu Frau Jäger zu lassen, ohne ihre ausdrückliche Genehmigung. Lediglich ihr Ehemann ist in Begleitung eines Beamten und der Hauptkommissarin vor ein paar Minuten hinein."

Mike war wie vor den Kopf geschlagen und Karsten starrte den Kollegen vor sich erzürnt an.

„Sag mal geht es noch?", fauchte er, als Omar um die Ecke bog.

„Was ist denn hier los?", donnerte der in seinem Professorentonfall, weil er scheinbar über die Situation bereits informiert war.

„Herr Professor, ich darf niemand…"

Da hatte Omar bereits den Türgriff in der Hand und hielt seine Karte an den Scanner.

„Das trifft ja wohl kaum auf mich zu", sagte er und verschwand im Inneren der Intensivstation, nicht ohne Mike noch einen vielsagenden Blick zuzuwerfen.

Der nahm Karsten am Arm.

„Komm, setzen wir uns eine Weile."

Unter Murren kam der Leiter der Spurensicherung der Aufforderung nach.

Es dauerte auch nicht lange, als Casta Meinike herauskam und direkt auf den Uniformierten zulief.

„Habe ich mich nicht klar ausgedrückt?", fragte sie in scharfen Tonfall, aber der junge Mann straffte die

Schultern.

„Der Herr Professor ist ja Personal, er…"

„Er ist Rechtsmediziner und Frau Jäger ist noch sehr lebendig, also hat er hier nichts zu suchen."

„Lassen sie doch den armen Mann zufrieden", donnerte es in diesem Moment in einer Lautstärke, das sogar Mike die Ohren klingelten.

„Sollte er mich etwa erschießen? Aufhalten lassen hätte ich mich nämlich anders nicht."

Er lächelte dem Polizisten zu. Dann wandte er sich wieder an die LKA-Beamtin.

„Ich bekomme noch heraus, welches Spiel sie hier spielen, das verspreche ich ihnen", sagte er so leise, dass nur sie ihn verstehen konnte.

Noch ehe sie die Chance hatte, etwas zu erwidern, ging die Tür erneut auf und Torben Jäger kam, gestützt von einem Krankenpfleger, heraus. Dem Mann liefen Tränen über die Wangen und alarmiert sprangen Mike und Karsten auf. Aber ehe sie bei ihm waren, hatte schon Omar den Arm um den Hünen geschlungen.

„Das wird wieder, Torben. Schau, sie ist doch zumindest aufgewacht, das ist ein Wunder, an das wir, wenn wir ehrlich sind, vor einer Woche noch nicht geglaubt hätten."

„Aber sie hat mich ja nicht einmal erkannt. Als sei ich ein Fremder, so hat sie mich angeschaut."

Er schluchzte und Omar nickte.

„Das wird noch, gib ihr Zeit. Komm, ich bringe dich nach Hause."

Inzwischen war Casta Meinike an sie herangetreten.

„Herr Jäger, sie müssen…"

„Er muss jetzt gar nichts", fuhr Omar sie mit seiner geballten ärztlichen Autorität harsch an und zog den verdutzten Ehemann von Marianne in Richtung Fahrstuhltür.

Die LKA- Beamtin verzog keine Miene, trat aber dann auf Mike und Karsten zu. Noch ehe sie etwas sagen konnte, drehten die beiden Männer ihr demonstrativ den Rücken zu und verschwanden im Treppenhaus.

„Sie hat eine schwere, retrograde Amnesie", erläuterte Omar am Abend den Anwesenden. Es herrschte, obwohl das Aufwachen von Marianne eigentlich ein Grund zur Freude gewesen wäre, eine gedrückte Stimmung.

Mike und auch die Anderen hatten gehofft, dass Marianne sich erinnern und ihnen so einen ziemlich genauen Verlauf der Tat geben konnte. Was aber noch wichtiger war, eine Aufklärung zu den Zahlungen auf ihrem Konto und den Mails. Das war nun alles in weite Ferne gerückt.

„Aber Kollege Feigler wird dafür sorgen, dass Marianne erst einmal bleibt, wo sie ist. Gemeinsam mit Professor Kempinski hat er festgelegt, dass sie nicht transportfähig ist.", ergänzte Omar.

„Sie wollten sie allen Ernstes in ein Haftkrankenhaus verlegen?", empörte sich Karsten.

Der Staatsanwalt winkte ab.

„Das war vielleicht die bizarre Idee von Frau Meinike, aber weder ich noch Herr Kögler hätten das zugelassen. Aber sicher ist sicher, so ein fachlich fundiertes Gutachten kann nicht schaden."

Er sah Kate an, die gerade alle mit Getränken versorgt hatte.

„Wie geht es weiter mit ihrem Plan?", fragte er und sie lächelte ihn an.

„Wenn sie den Startschuss geben, legen wir los. Maximilian Krause und Steven sind noch am Recherchieren, aber sie könnten schon loslegen. Der erste Artikel steht."

Der Staatsanwalt nickte. „Auch wenn mir nicht wohl bei der Sache ist, wird es unsere einzige Möglichkeit sein, Frau Jäger heil aus dieser Sache herauszubekommen."

Kate nickte.

„Zwar fehlen uns noch ein paar Puzzleteile, aber ich denke, mit etwas Nebel werden wir das gut hinbekommen."

Sie sah zu ihrem Mann, der alles andere als glücklich zu sein schien.

Er spürte ihren Blick und hob den Kopf. „Und wenn uns die ganze Sache um die Ohren fliegt?"

„Hört, hört, der ewige Pessimist", wandte Omar ein.

Kate lächelte Mike an.

„Uns, mein Lieber, fliegt gar nichts um die Ohren. Einzig und allein Maximilian und mir. Er kennt das Risiko und ist einverstanden, ja, geradezu euphorisch. Und mich bringt nichts so schnell aus der Ruhe."

Ihr Blick wanderte zu Staatsanwalt Doktor Gebhardt.

„Wir haben nichts zu verlieren und alles zu gewinnen."

Der nickte. „Also dann, Frau Schulz. Los geht`s."

Kapitel 14

Kate war eine große Runde joggen gewesen und als sie zum Haus zurückkehrte, winkte ihr Nachbar Ernst Winter aufgeregt über den Gartenzaun. Kate stoppte bei ihm, um ihm die morgendliche Brötchen-tüte herüberzureichen.

Aber Ernst Winter wedelte mit einer Zeitung, als wolle er eine ganze Schar an Raubvögeln vertreiben.

„Katherina, das müssen sie lesen."

Er reichte ihr die Printausgabe der Freien Plauener Stimme über den Zaun, die Brötchentüte ignorierend. Kate legte sie zwischen den Metallstäben ab und nahm die Zeitung in die Hand.

Drogenkrieg in Plauen war der große Aufmacher und darunter *Vertuscht das LKA den Einsatz einer Under-coveragentin?*

„Was sagen sie dazu, Katherina?", fragte Ernst Win-ter aufgeregt und riss ihr die Zeitung förmlich wieder aus der Hand. „Ich halte ja sonst nichts von so reiße-rischen Aufmachern, aber der Artikel."

Er stieß einen anerkennenden Pfiff aus. „Sogar sie werden zitiert als *die ehemalige FBI-Agentin Kate S.*"

Kate musste sich beherrschen nicht zu grinsen. Als sie nichts sagte, klemmte sich ihr Nachbar die Zei-tung unter den Arm. „Sie lesen es ja sicher online", sagte er und nahm die Brötchentüte.

„Morgen soll es die Fortsetzung geben. Also, dass so etwas in unserer Stadt passiert, ich bin wirklich sprachlos." Damit stampfte er in Richtung Haus.

Keine Stunde später war Mike im Polizeipräsidium eingetroffen. Da er mit bestimmten Reaktionen auf den Artikel gerechnet hatte, wunderte es ihn auch nicht, als kurz nach seinem Eintreffen, bereits sein Chef, Hauptkommissar Kögler bei ihm klopfte.

An dessen sorgenvoller Miene war abzulesen, wie er sich fühlte. Da er eine zusammengerollte Zeitung in der linken Hand trug, wusste Mike, was auf ihn zukommen würde und er wappnete sich entsprechend. Kögler legte die Zeitung auf Mikes Schreibtisch und deutete darauf.

„Ich denke, sie haben es bereits gelesen?"

Es zu leugnen wäre Unsinn gewesen, also nickte Mike. Sein Vorgesetzter ließ sich mit einem Seufzer auf einen Stuhl fallen.

„Ich hatte heute bereits zwei Anrufe vom LKA. Hauptkommissarin Meinike ist, um es salopp zu sagen, stinksauer. Das ihre Frau in dem Artikel zitiert wird, macht die Sache nicht besser. Wie kommt dieser Krause eigentlich zu diesen Anschuldigungen?"

Mike sah Kögler an.

„Recherchen, denke ich", sagte er knapp und Kögler musterte ihn genau.

„Wenn sie meine Meinung hören wollen, ich vermute eher, dass ihm da jemand ganz konkrete Hinweise gegeben hat."

Mike sagte nichts, als Kögler aufstand, die Tür öffnete und in den Flur schaute. Dann schloss er die Tür wieder und trat an Mikes Schreibtisch heran.

„Übertreiben sie es nicht. Ich versuche ihnen zwar

den Rücken freizuhalten, aber…"

Er brach ab, nahm die Zeitung und ging hinaus.

Mike sah ihm sinnend nach. Er konnte nur hoffen, das Kates Plan aufging, auch wenn er, mal wieder, Bauchschmerzen bei der ganzen Sache hatte.

Kate sah nicht auf, als Casta Meinike, ohne anzuklopfen, in ihr Büro gestürmt kam, dicht gefolgt von Chris Töpfer. Dieser war scheinbar völlig fassungslos, dass diese Frau ihn faktisch umgerannt hatte.

„Kate, entschuldige bitte, aber…", sagte er, als Casta Meinike sich nach ihm umdrehte.

„Gehen sie raus und machen sie die Tür von außen zu", fauchte sie ihn an.

Chris holte tief Luft und eine leichte Röte überzog den sanften Braunton seiner Wangen. Dann trat er näher an sie heran.

„Wohl kaum. Sie verschwinden jetzt augenblicklich oder ich verständige unseren eigen Securitydienst."

Er streckte die Hand fordernd in Richtung Tür aus und Kate sah sich gezwungen hier einzugreifen, ehe die Situation zu eskalieren drohte.

Langsam erhob sie sich hinter ihrem Schreibtisch und lächelte ihren Stellvertreter an.

„Frau Hauptkommissarin Meinike vom LKA hat ein paar rüde Umgangsformen, aber Hunde, die bellen, beißen bekanntlich nicht. Du kannst uns also beruhigt allein lassen. Danke, Chris."

Chris Töpfer musterte die LKA-Beamtin von oben bis unten und ging dann kopfschüttelnd nach draußen und schloss die Tür hinter sich. Kate trat vor ihren Schreibtisch und lehnte sich betont entspannt dagegen.

„Sie müssen schon entschuldigen, aber meine Mitarbeiter sind ein solches Verhalten nicht gewöhnt, weder von mir noch von unseren Kunden."

Sie deutete auf ihre Sitzecke, aber Meinike schüttelte brüsk den Kopf.

„Wie können sie es wagen, diesem Schmierfink, der sich Journalist schimpft, solchen Unsinn zu erzählen? Das ist Verleumdung und das wird Konsequenzen für sie haben, Frau Schulz. Ich hätte nicht übel Lust, sie wegen Behinderung meiner Ermittlungen zu verhaften."

Kate, die zur Sitzecke geschlendert war, sich aber nicht setzte, sondern nur auf der Lehne eines Sessel abstützte, lachte auf.

„Wenn sie das könnten, hätten sie es zweifelsohne schon getan, Frau Meinike. Sie sind keine Frau von langen Sätzen und Androhungen, sondern eine Frau der Tat. Vielmehr haben sie ihre Leute, die sie im Notfall vorschicken, oder, wenn es sein muss, auch opfern. Ich sage nur Hamburg."

Für einen Moment war die LKA-Beamtin sprachlos, dann ging sie auf Kate zu, die keinen Millimeter zurückwich.

„Konnte Roman sein verflixtes Mundwerk nicht halten?", stieß sie zwischen den Zähnen hervor und Kate sah sie verdutzt an. „Roman? Ach, sie meinen Hauptkommissar Würtenberger?"

Meinike lachte auf. „Tun sie doch nicht so scheinheilig."

Kate hob beide Hände und ließ sich geschmeidig in den Sessel gleiten.

„Nein, von ihm weiß ich nichts."

Sie griff nach einer kleinen Flasche Mineralwasser,

schraubte sie auf und goss es in ein Glas. Nach einem Schluck sah sie Casta Meinike an.

„Für solche Recherchen, Frau Meinike, habe ich meine Leute und die haben wieder ihre Quellen. Warum also sollte ich Hauptkommissar Würtenberger in Verlegenheit bringen?"

Langsam stellte sie ihr Glas zurück und erhob sich wieder. „Gut. Wenn das ihrerseits alles war, ich hätte dann noch zu arbeiten. Sicher finden sie allein hinaus."

Kate erhob sich und ging hinter ihren Schreibtisch zurück. Dort setzte sie sich. Die LKA-Beamtin musterte sie eine Weile, dann ging sie in Richtung Tür.

„Ich warne sie…", sagte sie leise, aber Kate schüttelte langsam den Kopf.

„Wollen sie mir etwa drohen, Frau Meinike? Das würde ich ihnen nicht raten. Auf Wiedersehen."

Als diese bereits die Tür geöffnet hatte, sagte Kate: „Und in Zukunft würde ich sie bitten, sich einen Termin geben zu lassen, wie jeder andere zivilisierte Mensch auch. Außer natürlich, sie haben einen Haftbefehl."

Statt einer Antwort wurde die Tür ins Schloss geworfen und Kate musste unwillkürlich lächeln. Kurz darauf schob Chris seinen Kopf zur Tür herein.

Kate streckte den Daumen nach oben.

„Du warst klasse", sagte sie zu ihm und er nickte.

„Ich habe ja auch von der Besten gelernt", sagte er und zwinkerte ihr zu. „Soll ich erst Max anrufen oder erst Bogdan?"

Kate überlegte eine Weile.

„Ja, warne Maximilian bitte vor. Mit Bogdan habe ich schon verabredet, dass wir uns bei Daniel treffen. Ich warte nur auf den Startschuss."

Chris schloss die Tür und Kate nahm das Telefon.

„Mike? Wie erwartet, sie war da und hat mir, nun sagen mir mal, gedroht, ich solle mich aus der Sache heraushalten. Jetzt ist sie mit Sicherheit auf dem Weg zu Maximilian. Chris warnt ihn bereits vor."

Kate hörte, wie Mike am anderen Ende mit Papieren raschelte. „Und du glaubst wirklich, sie nimmt ihn mit?", fragte er ungläubig.

Kate lächelte, aber das konnte er ja nicht sehen.

„Glaub mir. Sie fühlt sich in die Ecke gedrängt und will Schadensbegrenzung mit Einschüchterung machen. Sie nimmt Maximilian vorläufig fest, obwohl sie weiß, dass sie ihn schnell wieder laufen lassen muss."

In diesem Moment steckte Chris den Kopf zur Tür herein. „Holger hat angerufen. Sie ist mit großer Mannschaft in der Moritzstraße eingetroffen."

Kate nickte ihm zu. „Hast du mitgehört?", fragte sie Mike.

Sie hörte ihn leise lachen. „Also hattest du mal wieder recht."

„Das mag schon sein, aber wir müssen sie mehr in die Enge treiben. Noch haben wir nur unsere Theorie und verflixt wenig Beweise dafür."

In diesem Moment kam ein Anruf bei ihr an.

„Mike, ich muss Schluss machen. Laura, Maximilians

Mitarbeiterin, ist in der Leitung."

Sie nahm das Gespräch an und hörte, noch ehe Laura etwas sagte, laute Geräusche im Hintergrund.

„Kate? Sie nehmen Maximilian mit und alle Computer", raunte die.

„Gut. Alles weitere wie abgesprochen", sagte Kate ebenso leise und beendete das Gespräch.

Als Kate die Kaffeerösterei betrat, saß Bogdan Serwowitsch in Begleitung von Kristine Domatsch an einem
Tisch im hinteren Bereich, während sein Bodyguard
vorn an einem Stehtisch einen schwarzen Kaffee
schlürfte. Er begrüßte Kate mit einem Kopfnicken,
die nur Daniel, dem Besitzer zuwinkte und sofort an
den hinteren Tisch eilte.

Bogdan erhob sich und umarmte sie. Als Kate Kristine die Hand reichte, erhob diese sich.

„Ich lasse euch mal allein.“

Kate winkte ab. „Nein, bleiben sie ruhig. Das hier ist
keine Geheimoperation.“ Sie grinste etwas und sah
Bogdan an.

„Sie hat Maximilian mitgenommen, genau wie wir es
vermutet haben.“ Der nahm sein IPhone, dass er auf
dem Tisch abgelegt hatte und nickte Kristine zu.

„Entschuldige, ich muss ein paar Telefonate führen.“
Er ging durch den Hinterausgang in den kleinen Hof,
um ungestört zu telefonieren, nachdem er Oleg ein
Zeichen gegeben hatte, das alles in Ordnung ist. Daniel brachte Kate ihren Cappuccino und sie setzte
sich Kristine gegenüber.

„Da kommen wir ja zu unserem gemeinsamen Kaffee“, sagte diese und hob ihre Tasse.

Kate nickte und nahm ihre Tasse auch auf. „Ich
denke, wir könnten uns duzen, oder?“

Ihr Gegenüber lächelte und nickte. „Zwar habe ich
noch nie mit Kaffee Brüderschaft getrunken, aber was
soll`s.“

Lachend stießen sie sanft ihre Tassen aneinander.

Bogdan kam schneller zurück als sie dachten. Er setzte sich wieder zu ihnen und deutete Daniel, ihm noch einen Kaffee zu bringen.

„Mein Anwalt ist schon auf dem Weg und der Journalistenverband beschwert sich offiziell beim LKA. Mehr konnte ich in der Kürze nicht erreichen."

Kate griff über den Tisch und drückte seine Hand.

„Ich danke dir. Das wird genau den Staub aufwirbeln, den ich mir erhoffe."

Kristine, die inzwischen in ihr Smartphone geschaut hatte, hielt es Kate hin. „Schau mal, es geht schon viral."

Ein Videoclip war zu sehen, wie Maximilian aus seinem Büro zum Auto geführt wurde."

Kate lachte schallend auf. „Der Verrückte machte doch tatsächlich noch das Victoryzeichen."

Sie schüttelte den Kopf.

Dann kam Maximilians Mitarbeiterin Laura ins Bild, die mit wütender Miene gegen diese Polizeigewalt protestierte. Kate ließ sich im Stuhl zurückfallen und trank genüsslich von ihrem Cappuccino.

Es klopfte an Mikes Tür und der Anwalt Doktor Marius Steffens trat ein. Er reichte Mike die Hand. Da sie sich bereits in einem früheren Fall, als Steffens eine junge Rumänin vertreten hatte, kannten, musste er sich nicht vorstellen. An seiner Miene sah Mike, dass Bogdan ihn scheinbar ausreichend informiert hatte, dass diesmal nicht Mike sein „Gegner" war, sondern das LKA.

Nachdem Mike ihm einen Platz angeboten hatte, sah ihn der Anwalt auffordernd an.

„Bringen sie mich bitte auf den aktuellen Stand?"

Mike fasste die bisherige Situation zusammen und die Miene des Anwaltes verfinsterte sich von Minute zu Minute mehr.

„Das ist ja…", sagte er und atmete tief durch.

Dann nickte er Mike zu. „Ich freue mich geradezu diebisch dieser Frau die Stirn bieten zu können. Bringen sie mich bitte zum Vernehmungsraum?"

Mike erhob sich und zusammen gingen sie ein paar Türen weiter.

Ein Beamter ließ sie eintreten und Casta Meinike, die Maximilian Krause gegenübersaß, hob ruckartig den Kopf.

„Doktor Marius Steffens, ich bin der Anwalt von Herrn Krause. Wären sie bitte so freundlich uns allein zu lassen?"

Er deutete auf die Tür, während er zu Maximilian ging und diesem die Hand reichte. Dann öffnete er seine Ledertasche, nahm ein Dokument heraus und legte es, samt Stift, vor Maximilian ab.

„Bitte unterschreiben sie", sagte er leise und dieser kam dem sofort nach. Dann reichte er ein Exemplar der LKA-Beamtin. „Hiermit vertrete ich offiziell Herrn Krause."

Diese nickte stumm und ging zur Tür. Als sie, gemeinsam mit Mike, hinaus in den Flur ging, blieb sie abrupt stehen und sah ihn an.

„Ich warne sie, Herr Hauptkommissar Köhler."

Der sah sie nur schweigend an. In diesem Moment kam der Revierleiter, Peter Kögler, mit langen Schritten über den Flur, direkt auf Mike und Casta Meinike zu.

„Sie haben einen Journalisten verhaftet, weil er über diese Sache geschrieben hat?", fuhr er die LKA-Beamtin ohne einen Gruß an. Diese sah ihn mit einem langen Blick an.

„Ich habe mich vor ihnen nicht zu rechtfertigen, Herr Hauptkommissar Kögler, aber ich habe ihn lediglich zu einer Befragung mitgenommen."

„Und die Computer konfisziert? Ohne richterliche Verfügung?"

So erregt hatte Mike seinen Vorgesetzten noch nie gesehen.

„Sein Anwalt ist jetzt bei ihm", wandte Mike ein, nicht um Casta Meinikes Verhalten zu rechtfertigen, sondern um den Blutdruck seines Vorgesetzten etwas zu schonen. Der sah ihn nur kurz an und nickte.

„Gut, Köhler, sehr gut. Wenigstens sie behalten hier noch einen klaren Kopf."

Als die LKA-Beamtin zum Sprechen ansetzte, hob

Kögler die Hand. „Ich hatte eben einen Anruf von ihrem Chef, der sie ja nicht erreichen kann, weil sie in einer sogenannten Vernehmung sind. Er hatte den Journalistenverband in der Leitung und war, ich sage es frei heraus, ziemlich angepinkelt. Sie sollen ihn umgehend zurückrufen."

Wortlos ließ Casta Meinike die beiden Männer stehen und verschwand in ihrem Zimmer.

Mike räusperte sich. „Krauses Anwalt ist Doktor Steffens. Ich denke mal, in einer Stunde ist er wieder draußen."

Kögler nickte. „Ich habe auch schon Doktor Gebhardt verständigt. So geht das nicht, wie die Dame sich das hier vorstellt."

Er klopfte Mike auf die Schulter. Mike ging zurück in sein Büro, um Kate anzurufen und auf den neusten Stand zu bringen, als es klopfte und Omar hereinkam.

„Und?", fragte der und ließ sich von Mike, während dieser Kaffee für sie beide kochte, einen kurzen Überblick geben. Er nahm seine Tasse entgegen und schaufelte einige Löffel Zucker hinein.

„Auch wenn Kates Plan aufgeht und diese Meinike von dem Fall abgezogen wird, kann es ewig dauern, bis eine Untersuchung des LKA aufdeckt, dass die Beschuldigungen gegen Marianne getürkt waren."

Mike setzte sich mit seinem Kaffee zu ihm.

„Ja, aber es wäre immerhin ein Anfang."

Omar seufzte.

„Ich habe vorhin Finn Jäger getroffen. Er hat sich im

Studium beurlauben lassen, um seinem Vater beizu-
stehen. Er war so etwas von sauer, dass gegen diese
Frau nichts gemacht wird."

Mike schüttelte den Kopf. „Natürlich, für die Familie
muss das unerträglich sein, aber intern gegen jemand
zu ermitteln und noch dazu vom LKA, das ist eine
Hausnummer, die ein Außenstehender gar nicht ein-
schätzen kann."

Omar stellte seine leere Tasse ab. „Ich muss dir sagen, bei mir hört das Verständnis auch langsam auf."
Er machte eine Bewegung in die Luft, als wolle er
diese Gedanken beiseiteschieben.

„Ich wollte dir nur sagen, Marianne geht es, zumindest körperlich, deutlich besser."

Mike nickte. „Das ist wohl die erste erfreuliche Nachricht an diesem Tag."

Omar erhob sich. „Danke für den Kaffee. Ich gehe
jetzt nach Hause."

Als er Mikes unwillkürlichen Blick zur Uhr bemerkte,
zuckte er nur die Achseln.

„Ich darf das", ergänzte er grinsend, klopfte Mike auf
die Schulter und ging hinaus.

Mike betrat den Flur und legte den Schlüssel in die Schale, als er Kate bemerkte, die in der Küchentür stand. Er ging zu ihr und drückte ihr einen Kuss auf die Wange.

„Was für ein Tag", sagte er und sie schlang die Arme um ihn. „Komm erst einmal rein. Ich habe uns Essen kommen lassen."

Mike hob die Nase. „Indisch?", fragte er und sie lächelte. „Nein, Thailändisch, Abwechslung muss schließlich sein."

Er hob die Hände. „Ich mache mich nur kurz frisch, okay?"

Sie nickte und ging in die Küche, als ihr IPhone klingelte. Stirnrunzelnd nahm sie es zur Hand. Musste das jetzt sein? Dann sah sie, dass Torben Jäger der Anrufer war. Sollte etwas mit Marianne sein?

„Torben?", fragte sie und als sie seinen hektischen Atem hörte, setzte fast ihr Herz aus.

Ein Mann wie Torben Jäger war nur selten aus der Ruhe zu bringen. „Kate", fragte er jetzt atemlos. „Ist Mike in der Nähe?"

„Ja, im Bad, was ist denn los? Ist etwas mit Marianne?"

„Nein", sagte er schnell. „Finn. Er hat gesagt, er kann und will nicht warten, bis diese Casta Meinicke seine Mutter entlastet. Er nimmt die Sache selbst in die Hand." Er zögerte eine Weile. „Kate, ich habe Angst, dass er eine Dummheit begeht."

In diesem Moment kam Mike in die Küche zurück. „Torben, bleib wo du bist. Wir melden uns."

147

Sie unterbrach das Gespräch und nahm Mike am Arm.

„Wir müssen los. Finn Jäger will die Sache mit Casta Meinicke selbst in die Hand nehmen."

Sie ergriff Mikes Wagenschlüssel und warf ihn ihm zu. Er folgte ihr nach draußen.

„Und wo wollte er hin?"

Kate sah Mike an, als sei er besonders begriffsstutzig.

„Zu ihr. In ihr Hotelzimmer."

Mike ließ sich auf den Fahrersitz fallen. „Und woher soll er wissen, wo Meinicke wohnt?"

Kate schüttelte den Kopf. „Weil er der Sohn einer Polizistin ist und nicht der Dümmste. Und jetzt fahr` endlich los."

Kapitel 15

Mike stieß die Tür zu dem Gebäude auf und hörte im Hintergrund das Lachen von Gästen.

„Ziemlich voll hier", murmelte er und ging zu der kleinen Rezeption. Er läutete und nach einer Weile kam eine junge Frau.

„Ja bitte?", fragte sie und sah von Mike zu Kate.

„Tut mir leid, wir sind zurzeit ausgebucht, aber…" Sie verstummte, als ihr Mike seinen Dienstausweis unter die Nase hielt.

„Wissen sie, ob meine Kollegin, Frau Meinike, auf ihrem Zimmer ist?"

Die Frau nickte und als Mike einen Fuß auf die Treppe setzte, sagte sie: „Ich weiß nicht, ob sie gestört werden möchte." Sie machte eine kunstvolle Pause.

„Sie war in Begleitung eines jungen Mannes", setzte sie mit verhaltener Stimme nach.

Mike und Kate sahen sich an.

„Ist der junge Mann ziemlich groß, durchtrainiert, blond?", fragte Kate und die junge Frau lächelte.

„Ja", sagte sie gedehnt. Dann machte sie eine entschuldigende Geste. „Ich muss mich um die Gäste kümmern, wir haben heute eine Hochzeit hier."

Mike nickte nur und zog Kate vor die Tür.

„Finn Jäger", sagte er und zog sein Smartphone aus der Tasche.

Kate legte ihm die Hand auf den Arm. „Was hast du vor?", fragte sie und er sah sie erstaunt an.

„Na, was wohl? Ich rufe Gebhardt an und das SEK.

Wenn er eine Waffe hat, bricht hier vielleicht in ein paar Minuten die Hölle los."

Kate schüttelte vehement den Kopf. „Wenn du das tust, dann ist Finn geliefert. Das kann man nicht mehr unter den Teppich kehren."

Mike starrte sie unverwandt an. „Was?", fragte er.

Kate seufzte. „Der Junge ist in einer Ausnahmesituation. Er hält die Meinike für die Schuldige am Zustand seiner Mutter. Irgendwo kann ich ihn verstehen. Wir alle wissen es und können nichts tun. Da hat er es eben selbst in die Hand genommen."

Mike holte tief Luft und setzte zwei Mal zum Sprechen an, ehe er kopfschüttelnd sagte: „Was ist los mit dir? Hier findet eine Geiselnahme statt und du findest es in Ordnung?"

Kate rieb sich mit beiden Händen über das Gesicht und lehnte sich an die Fassade.

Gerade kam ein junges Paar aus der Tür, lachte ihnen zu und ging beschwingt in Richtung Straßbergerstraße davon.

„Mike, lass mich mit ihm reden."

Der schüttelte nur den Kopf und ließ seinen Finger über der Tastatur seines Smartphones schweben, als Kate erneut seine Hand sanft wegzog.

„Bitte Mike. Tu es für Marianne." Er sah sie an und ließ das Smartphone sinken.

„Das ist unfair", murmelte er und musterte die Fassade. „Kate, wenn du hineingehst, und er verliert die Nerven…"

Sie schüttelte den Kopf. „Nein, das tut er nicht."

150

Sie trat näher an ihn heran und umarmte ihn.

„Ich bin doch nicht lebensmüde."

Sie deutete auf seine Hand, die noch das Smartphone hielt. „Ruf Torben an. Er soll, so schnell er kann, kommen. Und halte die Stellung."

Sie sah hinauf in die erste Etage, wo das Zimmer lag, in dem Casta Meinike wohnte. Die Vorhänge waren zugezogen, ein Licht brannte dahinter.

„Sollte das Licht plötzlich ausgehen, dann brauche ich Hilfe."

„Na toll", murmelte Mike und sah Kate nach, die das Haus betrat.

Kate stand vor der Tür und lauschte. Innen war nichts zu hören. Leise klopfte sie, es erfolgte keine Reaktion. Sie holte tief Luft, dann klopfte sie nochmals.

„Finn? Ich bin es, Kate Schulz."

„Gehen sie weg", kam die prompte Antwort.

„Nein, das werde ich nicht tun. Ich bin allein, Finn. Bitte, lass mich rein."

Wieder war es still. Dann hörte Kate Schritte.

„Warum sollte ich?", fragte die Stimme, die jetzt näher klang.

„Weil ich mit dir reden will. Bitte, Finn. Du kennst mich."

Sie brach ab, weil ein Mann die Treppe heraufkam, grüßte und den Flur entlanglief. Scheinbar wollte er in sein Zimmer. Als sie das Klicken in der Ferne vernahm, das vom Schließen einer Tür zeugte, beugte sie sich wieder näher an die Tür.

„Bitte Finn", wiederholte sie.

Dann wurde ein Schlüssel in der Tür umgedreht und die Tür ging einen Spalt auf. Ein sehr blasser Finn Jäger spähte in den Flur, dann deutete er Kate, einzutreten. Er schloss hinter ihr wieder ab, während sie blitzschnell die Situation analysierte.

Casta Meinike saß mitten in dem nostalgisch eingerichteten Zimmer auf einem Stuhl, die Hände hinter der Lehne gefesselt.

Mit grimmigen Blick starrte sie Kate an und der fiel es nicht schwer, kein Mitleid für deren Situation zu empfinden.

Sie wandte sich wieder um zu Finn, der hinter ihr stand. Gerade wollte sie etwas zu ihm sagen, da bemerkte sie den Gegenstand in seiner Hand und sah in den Lauf einer Pistole.

Torben Jäger sprang aus dem Auto, das er mitten auf die Nobelstraße gestellt hatte und rannte auf Mike zu.

„Ist Finn da drin?", fragte er und Mike nickte.

Marianne Jägers Mann ließ sich auf einen der bepflanzten Blumenkübel fallen und vergrub den Kopf in den Händen.

„Er hat Casta Meinike in seiner Gewalt", ergänzte Mike, was nur zu einem Aufstöhnen bei dem Mann führte. Mike konnte nur ahnen, was in ihm vorging. Seine Frau war schwer verletzt und konnte sich an nichts, nicht einmal an ihn und ihre Familie erinnern. Sie stand unter Verdacht, enorme Schmiergelder angenommen zu haben und nun nahm sein Sohn eine LKA-Beamtin als Geisel und ruinierte damit seine Zukunft. Er trat neben ihn und legte seine Hand auf dessen Schul-

ter.

„Kate ist hoch gegangen, sie will mit ihm reden."

Torben Jäger hob den Kopf und starrte ihn an.

„Ich dachte, das SEK…" Er brach ab.

Natürlich, er war lange genug mit einer Kripobeamtin verheiratet, um zu wissen, wie in solchen Fällen vorgegangen wurde.

Mike nickte. „Ja, ich gebe zu, das war meine erste Reaktion. Aber Kate hat mich davon überzeugt abzuwarten."

Torben Jäger holte tief Luft. „Danke", sagte er leise und Mike klopfte ihm fest auf die Schulter und zog dann seine Hand zurück. „Hoffen wir, sie hat

154

Erfolg", sagte er, mehr zu sich selbst.

Kate sah, dass die Waffe, die Finn in der Hand hielt, zweifellos Casta Meinikes Dienstwaffe war.

Aber wie hatte er die erfahrene LKA-Beamtin überwältigen können, um an sie heranzukommen?

Zwar war Finn so groß und kräftig wie sein Vater, aber der Frau an der Rezeption wäre es zweifellos aufgefallen, wenn der junge Mann Casta Meinike mit sichtbarer Gewalt in ihr Zimmer gedrängt hätte.

„Finn, nimm bitte die Waffe runter, sie könnte losgehen."

Der junge Mann lachte auf. „Ich war beim Bund, Frau Schulz. Ich kann mit Waffen umgehen. Und wenn sie losgeht, dann nur, weil ich das will."

Damit schwenkte er mit der Waffe in Casta Meinikes Richtung. Dass diese keine Wimper zuckte, nahm Kate mit einer gewissen Anerkennung zur Kenntnis. Nerven hatte sie.

„Junger Mann, in ein paar Minuten stürmt das SEK dieses Zimmer, oder denken sie, Frau Schulz ist wirklich hier, um nur mit ihnen zu reden und sie zum Aufgeben zu überzeugen?", sagte diese jetzt in einem Tonfall, der sogar Kate frösteln ließ.

Das war mehr als taktisch unklug, so mit jemand zu sprechen, der eine scharfe Waffe hatte und mit dieser auch umgehen konnte. War das Taktik oder Selbstüberschätzung?

Finn sah zu Kate, die ihrerseits langsam den Kopf schüttelte. „Nein, Frau Meinike, das SEK kommt nicht."

155

Diese lachte trocken auf. „Oh ja. Aber die Situation ist so und so prekär, da können sie es ruhig eingestehen, dass die Jungs bereits auf der Treppe stehen."

Als sie Kates Miene sah, verlor sie für einen Moment die Fassung.

„Wie ich bereits sagte, es kommt kein SEK. Nur wir drei sind hier und ich würde ihnen empfehlen, Frau Meinike, sie beantworten jetzt ganz einfach die Fragen, die Finn und übrigens ich auch, an sie haben."

Kate nahm sich betont gelassen einen Stuhl und setzte sich.

Dann nickte sie Finn zu. „Setz dich bitte auch und lege die Waffe neben dich."

Der sah sie an, zögerte eine Weile, kam dann aber der Aufforderung nach. Er legte die Waffe neben sich auf den kleinen Beistelltisch.

„Das ist doch wohl nicht wahr", murmelte Casta Meinike und warf Kate einen vernichtenden Blick zu. Diese zuckte lediglich die Achseln. Dann lehnte sie sich zurück.

„Ich denke, Finn hat ein Recht darauf zu erfahren, dass seine Mutter für sie nur ein Bauernopfer war. Susanne Geilert war ihre Undercoveragentin, sie war eine ausgebildete Stasispionin gewesen, ein Glücksfall für sie, nicht wahr, Frau Meinike? Sie war oft für sie im Einsatz gewesen, faktisch eine Win-Win-Situation für beide Beteiligten. Sie hatten gigantische Ermittlungserfolge und Susanne Geilert ein gutes Leben. Aber irgendwann ist sie aufgeflogen, nicht wahr? Darum musste sie sterben."

Kate zeichnete mit ihren Fingern Gänsefüßchen in die Luft. „Aber sie ist ja wieder aufgetaucht, mit neuem Gesicht und neuem Namen. Dann sollte sie hier in Plauen die sich neu etablierende Drogenszene infiltrieren. Das klappte auch ganz gut. Dann gab es Probleme, nicht wahr? Darum kontaktierte sie ihre alte Schulfreundin Marianne Jäger, die bei der Polizei war. Die wusste ja nichts über ihren angeblichen Tod und über ihr verändertes Äußeres wird sie ihr schon eine nette Geschichte erzählt haben. Über sie wollte sie neue Kontakte herstellen, aber das ging schief, oder?"

Casta Meinike starrte sie die ganze Zeit an, ohne einen einzigen Muskel im Gesicht zu bewegen.

Kate lächelte. „Ach, Frau Meinike, ihr Pokerface nutzt ihnen nichts. Wir wissen bereits alles, auch wenn sie versucht haben, Maximilian Krause und mich einzuschüchtern, was übrigens ihr einziger Fehler in diesem genialen Plan war."

Jetzt endlich zeigte die LKA-Beamtin eine Regung und lachte verächtlich auf.

„Dieser kleine Schmierfink, der sich als Investigativreporter sieht und eine abgetakelte FBI-Agentin? Nichts wisst ihr, nichts."

„Oh je, da habe ich wohl direkt in ein Wespennest gestochen", dachte Kate.

Aus dem Augenwinkel beobachtete sie Finn, der beide Hände fest im Schoß ineinander verkrampft hielt. Wenigstens lag die Pistole jetzt etwas außerhalb seiner Reichweite. Dann wandte sie sich wieder mit gleichgültiger Miene Casta Meinike zu.

„An jenem Abend im Handelshaus überstürzten sich die Ereignisse. Was genau wollte Susanne Geilert von Marianne Jäger? Was auch immer, Marianne lehnte es ab."

Die LKA-Beamtin zuckte schweigend die Schultern. Kate lächelte. „Sie wissen es doch genau, sie saßen ein paar Tische weiter."

Außer einer merklich einsetzenden Blässe versuchte Casta Meinike sich nichts anmerken zu lassen.

„Also wirklich, dachten sie, dass finden wir nicht heraus? Wahrscheinlich haben sie sich kurz mit Susanne Geilert beraten, auf der Toilette oder draußen im Hof. Sie haben ihr die k.o.-Tropfen für Marianne gegeben. Damit wollten sie verhindern, dass sich Marianne Jäger an den Abend erinnern kann. Also ging Susanne Geilert mit einer sichtlich angetrunkenen Marianne Jäger zu deren Auto und fuhr mit ihr ziellos durch die Stadt, um sie dann später am Elsterpark samt Auto abzustellen. Denn dort hatte Susanne Geilert noch eine Verabredung. Aber sie war aufgeflogen und wurde bereits erwartet. Sie wurde dabei beobachtet, wie sie Kommissarin Jäger auf den Fahrersitz buchsierte, die zwar noch etwas benommen, aber durchaus wieder handlungsfähig war. Als Susanne Geilert sich wieder auf den Beifahrersitz setzte, wollten die späteren Mörder von Geilert die Wagentüren aufreißen, aber Marianne verriegelte das Auto geistesgegenwärtig. Wahrscheinlich vermutete sie einen einfachen Raubüberfall. Dann schlugen die Täter die hintere Scheibe ein und gelangten so ins Auto. Während einer oder zwei Susanne Geilert aus dem Auto zerrten und in ein anderes Auto umluden, schlug einer der Täter Marianne Jäger auf den Kopf. Die wollte sich in Sicherheit bringen und stieg trotz der heftig blutenden Wunde aus dem Wagen. Dort traf sie dann der zweite Schlag und sie fiel neben die Autotür. Scheinbar hielt der Täter sie für tot oder wurde gestört. Jedenfalls verschwanden sie mit Susanne Geilert, ihrem eigentlichen Ziel. Die brachten sie in eine abgelegene Lagerhalle in der Klopstockstraße und folterten sie, um alle Informationen aus ihr herauszubekommen."

Kate hatte Casta Meinike die ganze Zeit genau beobachtet, aber mehr als ein bewegen ihrer Schultern, die scheinbar durch die Fesselung schmerzten, zeigte diese nicht.

Finn hatte sich jetzt aufrecht hingesetzt und sah zu Kate.

„Aber warum diese Überweisungen an Mutti?", fragte er verstört.

Kate deutete mit dem Kopf auf die LKA- Beamtin.

„Hier kommt jetzt Frau Meinike ins Spiel. Als sie erfuhr, dass Kommissarin Jäger überlebt, ihre Undercoveragentin aber verschwunden war, musste sie eine Möglichkeit finden, die Ermittlungen an sich zu reißen."

Sie sah zu Meinike hinüber. „Nicht etwa, weil sie sich um Susanne Geilert sorgten, nicht wahr? Das sind alles Kollateralschäden für sie. Nein, ihre Mission war in Gefahr. Also schalteten sie die Plauener K aus, indem sie Marianne Jäger als korrupt darstellten und jemand, der tief im Drogenhandel und anderem verstrickt war. Damit galten auch alle anderen Beamten, die mit ihr zusammenarbeiteten, als befangen und das LKA, ergo sie, hatten freie Bahn."

Kate sah, wie sich die Augen der LKA-Beamtin zu Schlitzen verengten. Sie hatte also genau ins Schwarze getroffen.

Finn atmete so heftig, dass es im ganzen Raum zu hören war. „Sie haben den Ruf meiner Mutter aufs Spiel gesetzt, nur um einen Fall zu klären?"

Die LKA -Beamtin drehte die Augen nach oben. „Sie wird es überleben", sagte sie lakonisch und Finn sprang entrüstet auf.

„Sie…"

In diesem Moment gab es einen heftigen Knall und Kate zuckte zusammen. Dem Knall folgte ein zweiter und binnen einer Sekunde war Casta Meinike auf den Beinen, warf sich gegen Finn, der die Balance verlor und krachend gegen das Holzbett fiel.

Die LKA- Beamtin stürzte sich auf die Waffe, ehe Kate diese erreichen konnte und entsicherte sie mit einer fließenden Bewegung. Dann richtete sie sie auf Kate.

„Das war Dummheit, hier allein aufzutauchen."

Kate ließ sich nach hinten fallen und griff dabei zum Lichtschalter.

Es wurde dunkel im Raum, aber der Knall eines Schusses zerriss die Stille.

Mike starrte zu dem Zimmer empor, während Torben Jäger aufgeregt neben ihm auf und ab ging.

„Warum macht er denn so etwas?", fragte er immer und immer wieder, bis Mike ihm die Hand auf den Arm legte.

„Ich denke, wir alle waren an der derzeitigen Situation nicht ganz unschuldig. Weil wir keine hieb- und stichhaltigen Beweise hatten, haben wir diese letzte Möglichkeit genutzt und Maximilian Krause von der Freien Plauener Stimme eingeschaltet. Er und Kates Mitarbeiter Steven, haben dann alles herausgefunden, aber..."

„Sie konnten es ebenso wenig beweisen, welche Rolle diese LKA-Beamtin gespielt hat, wie ihr auch", ergänzte Torben und nickte.

Ehe Mike etwas erwidern konnte, hörten sie einen Knall.

Erschrocken sah er zu dem Fenster empor, aber das Licht brannte noch. Ein erneuter Knall und schließlich frenetisches Klatschen aus dem Innenhof, wo ein buntes Feuerwerk am Himmel erschien.

„Die Hochzeit", dachte Mike.

Das hatte ihnen gerade noch gefehlt.

Auch Torben starrte auf das Spektakel, das sich im Innenhof in den nächtlichen Himmel erhob, gefolgt von begeisterten Rufen und lautem Gelächter.

Plötzlich erlosch das Licht im Fenster und Mike zog sofort seine Waffe.

Torben begriff und stürmte los, als von oben ein erneuter Knall zu hören war.

Sicher dachten die Hochzeitsteilnehmer, das sei die Folge ihres Feuerwerkes, aber Mike wusste, was es war.

Der Schuss aus einer Pistole.

Casta Meinike hatte ebenfalls das Feuerwerk bemerkt und sah für sich die perfekte Chance, jetzt in dem Trubel zu entkommen. Die Waffe an der Seite haltend, rannte sie die Treppe hinunter und direkt in Torben Jägers Arme.

Da sie für den Blitzteil einer Sekunde dachte, einem der Mitfeiernden der Hochzeit gegenüberzustehen, reagierte sie nicht sofort und wurde von festen Armen geradezu klammerartig umfangen.

Aus ihren Fesseln, die sie im Laufe des Abends kontinuierlich und unbemerkt gelockert hatte, war sie entkommen, aus dieser Umklammerung nicht.

Jemand riss ihr die Pistole aus der Hand und sie fühlte nur, wie ihre Arme nach hinten gezerrt und mit Handfesseln gesichert wurden.

Dann übergab Mike Köhler sie wieder Torben, der sie hinter sich nach oben zog, während Mike, die Pistole im Anschlag, die Tür öffnete. Er griff vorsichtig um die Ecke und drückte auf den Lichtschalter.

„Finn", rief Torben Jäger und sah auf seinen Sohn, der, den Kopf in die Hände gestützt, am Boden hockte. Er sah auf und deutete nach rechts.

„Alles in Ordnung, Paps, kümmert euch um Frau Schulz."

Mike fuhr herum und sah Kate, die ebenfalls auf dem Boden saß, an die Wand gelehnt und ihren linken Oberarm umklammernd.

„Was?", fragte er und dann sah er das Blut, das durch ihre Finger quoll. Sie sah ihn an und lächelte.

„Ich habe mich selten so gefreut dich zu sehen", sagte

sie und Mike kniete sich neben sie.

„Es sieht schlimmer aus als es ist, ein glatter Durchschuss," Sie deutete auf eine Patrone, die, blutverschmiert, neben ihr lag.

„Finn, wie konntest du nur", sagte dessen Vater vorwurfsvoll, Casta Meinike noch immer fest im Griff. Kate sah auf.

„Nein, Torben, das war nicht Finn. Das war die LKA -Beamtin, sie ist gegen Finn gerannt, der gegen das Bett geprallt und kurz außer Kraft gesetzt war. Dann hat sie auf mich geschossen. Gott sei Dank habe ich schnell reagiert und das Licht im Fallen ausgemacht. Sonst hätte sie nicht meine Schulter, sondern meinen Kopf erwischt."

Casta Meinike lachte auf. „Das ist die beste Geschichte, die ich je gehört habe, Frau Schulz. Dieser junge Mann hat mich als Geisel genommen, stundenlang hier festgehalten, mich mit meiner eigenen Dienstwaffe bedroht und schließlich wollte er sie erschießen und ich habe das verhindert."

Finn Jäger schien jetzt seine Benommenheit abgeschüttelt zu haben und stand langsam, etwas schwankend, auf.

„Was?", fragte er mit so viel Wut in der Stimme, dass sein Vater sich zwischen ihn und die LKA-Beamtin stellte.

Diese grinste nur. „Was glaubst du, wem von uns Beiden mehr geglaubt wird?"

Dann sah sie Mike an. „Nehmen sie mir endlich die verdammten Handfesseln ab oder es wird für sie ein noch größeres Nachspiel haben als dieses ganze Chaos hier, das sie und ihre liebe Frau angerichtet haben."

Kate gab Mike ein Zeichen, das er ihr beim Aufstehen helfen sollte. Ihm wäre lieber gewesen, sie würde sitzen bleiben, aber er wusste aus Erfahrung das diese Diskussion mit ihr sinnlos sein würde, also half er ihr.

Kate ging auf Casta Meinike zu und zog mit ihrer blutverschmierten Hand ihr IPhone aus der Tasche.

„Mein Mitarbeiter hat die ganze Zeit mitgehört und das Gespräch aufgezeichnet, auch die letzten Minuten. Tja, Frau Meinike, das war es dann wohl."

Die LKA-Beamtin wollte einen Satz auf sie zu machen, was aber Torben Jäger verhinderte.

Ihr Gesicht war keine emotionslose Maske mehr, sondern Kate sah blanker Hass entgegen.

„Ich hätte besser zielen müssen", sagte sie.

Kate zuckte ihre gesunde Schulter. „Haben sie aber nicht."

Dann sah sie Mike, Torben und Finn an. „Ich würde gern mit Frau Meinike unter vier Augen sprechen."

Diese sah sie genauso verständnislos an, wie die drei Männer. „Also?", fragte Kate ungeduldig.

„Du brauchst eine medizinische Versorgung", sagte Mike entschieden und zog sein Smartphone aus der Tasche.

Sie schüttelte den Kopf. „Fünf Minuten und keine Anrufe inzwischen."

Mike seufzte und deutete Torben und Finn, ihm vor die Tür zu folgen.

Als sie allein waren, sah Kate Casta Meinike eine kurze Weile schweigend an. Dann ging sie einen Schritt näher an sie heran.

„Ich biete ihnen einen Deal an und rate ihnen, ihn anzunehmen."

Kapitel 16

Omar sah sich die beiden Röntgenaufnahmen an und nickte zufrieden.

„Du hast wahrscheinlich genauso einen harten Schädel wie dein Vater", sagte er zu Finn Jäger, der, mit einem Eisakku auf dem Kopf, in seinem Büro saß.

„Das wird eine schöne Beule, aber mehr auch nicht. Wenn es dir in den nächsten 48 Stunden irgendwie komisch wird, dann melde dich."

Er sah Torben Jäger an, der im Namen seines Sohnes nickte.

In diesem Moment öffnete sich die Tür und Kate kam, gefolgt von Omars Assistentin Kerstin Nagler, herein, den linken Oberarm säuberlich verbunden und in einer Schlinge. Sie setzte sich neben Finn, der sie schief angrinste.

Omar musste lachen. „Ihr zwei seht wirklich aus wie nach einer erfolgreich geschlagenen Schlacht. Also, es war wirklich ein glatter Durchschuss und die Wunde ist jetzt sauber."

Er tippte gegen das Röntgenbild. „Keine großartigen Verletzungen im Muskelbereich. Ein paar Antibiotika und in ein paar Wochen ist alles vergessen."

Dann setzte er sich wieder an seinen Schreibtisch, faltete die Hände unter dem Kinn und sah von Finn zu Torben und schließlich zu Kate. „Und jetzt möchte ich wissen, warum ihr zwei nicht in die Notaufnahme gegangen seid?"

Kate lächelte ihn an.

Das war Omar Amri wie er leibte und lebte. Sie hatte ihn noch von der Nobelstraße aus angerufen und gebeten, in sein Institut zu kommen.

Als sie, den Arm in ein blutiges Handtuch eingewickelt, gemeinsam mit dem lädierten Finn Jäger und dessen Vater bei ihm vorfuhr, hatte er, gemeinsam mit seiner Assistentin Kerstin, die noch spät im Institut für ihre Doktorarbeit Präparate analysierte, keine Fragen gestellt, sondern gehandelt.

Nicht einmal Kates Schusswunde schien ihn zu erstaunen, routiniert kümmerte er sich um seine beiden Patienten, die für ein pathologisches Institut reichlich lebendig waren.

Kate gab ihm also jetzt einen kurzen Abriss des Geschehens. Dieser sah Finn Jäger an, der trotz seiner Körpergröße versuchte, irgendwie unsichtbar zu werden.

„Ja, ich habe Scheiße gebaut", gab er schließlich unumwunden zu, aber Kate streckte ihren gesunden, rechten Arm aus und klopfte ihm auf die Schulter.

„Alles in allem war es vielleicht gut so", sagte sie und erntete den erstaunten Blick aller Anwesenden.

Kate lehnte sich wieder zurück.

„Nachdem Casta Meinike auf mich geschossen hatte, habe ich ihr einen Deal angeboten und sie hat ihn zähneknirschend akzeptiert, um selbst einigermaßen heil aus der Sache herauszukommen. Sie hat Mike alle Kontakte übergeben, die ihre Undercoveragentin Susanne Geilert hatte. Dann sind wir ungesehen aus der Pension verschwunden, noch während das

Feuerwerk für die Hochzeitsgesellschaft in vollem Gange war und uns so in die Karten gespielt hat, denn wie hätten wir sonst einen Schuss verheimlichen können? Irgendjemand hätte die Polizei benachrichtigt und das SEK hätte den Laden vielleicht gestürmt und mein schöner Plan wäre nicht aufgegangen und Finn säße jetzt in U- Haft."

Sie sah den jungen Mann an, der erleichtert nickte.

„Naja, also haben wir mich notdürftig verbunden, Finn geschnappt und sind hier rüber zu dir gefahren. Casta Meinike blieb in ihrem Zimmer und hat etwas aufgeräumt und wird dem Personal drei verschwundene Handtücher ersetzen müssen. Mike hat Roman Würtenberger und das SEK informiert und sie sind schon unterwegs und nehmen die Täter hoch. Ach, und außerdem wird Frau Meinike, als Gegenleistung für mein Schweigen und dafür, das alle Recherchen gegen sie eingestellt werden, die Entführung seitens Finn vergessen. Es wird morgen eine interne Mitteilung des LKA geben, dass die Zahlungen auf das Konto von Marianne Jäger sowie der E-Mailverkehr eine Informationspanne aufgrund eines PC-Fehlers waren. Die werden dafür schon einen Schuldigen präsentieren."

Torben und Finn wechselten einen Blick.

„Wirklich?", fragte Mariannes Mann und Kate nickte. „Aber das Geld?"

Kate winkte ab. „Das bleibt, wo es ist. Frau Meinike wird sich hüten, hier ins Detail zu gehen. Verwendet es für Mariannes Reha."

Finn nahm seine Eisblase vom Kopf, legte sie langsam ab, stand auf und trat auf Kate zu.

„Danke", sagte er nur und die sah Tränen in seinen Augen glitzern. Schließlich umarmte er sie etwas linkisch und sehr vorsichtig. Sie klopfte ihm auf den Rücken.

„Trotzdem", wandte Torben ein. „Kommt diese Meinike jetzt ungeschoren damit davon?"

Kate sah zu ihm hin. „Es wäre zu schade gewesen, wenn Finn sich wegen dieser Frau sein Leben versaut hätte. Außerdem dürften Maximilian Krauses Artikel und seine Verhaftung ganz schönen Staub aufgewirbelt haben und sie wird sich wohl einigen unangenehmen Fragen stellen müssen. Welche Konsequenzen das LKA daraus zieht, keine Ahnung."

Omar schüttelte langsam den Kopf. „Dann hast du die ganze Zeit Steven mithören lassen?"

Kate sah, wie Torben Jäger die Stirn runzelte.

„Weißt du, was ich nicht verstehe? Als Steven den Schuss gehört hat, warum hat er nicht reagiert und den Notruf gewählt oder zumindest Mike angerufen?"

Kate lachte. „Weil er nicht mitgehört hat. Ich habe geblufft."

Omars dröhnendes Lachen schallte durch das ganze Institut. „Kate, du bist einfach unverbesserlich", sagte er und diese zuckte ihre gesunde Schulter.

„Naja, für eine abgetakelte FBI-Agentin, um einmal Casta Meinike zu zitieren, bin ich doch gar nicht so schlecht, oder?"

Jetzt lachten alle und Kate fühlte, wie sie sich das erste Mal in dieser verrückten Nacht langsam entspannte.

Sie fanden sich ein letztes Mal zu dem konspirativen Treff in Kates und Mikes Haus ein, obwohl es gar nicht mehr nötig gewesen wäre.

Aber es gab ein paar Details aus diesem Fall, die besser nie außerhalb dieser Räume publik gemacht werden sollten.

Staatsanwalt Doktor Gebhardt nickte Kate mit einem freundlichen Lächeln zu.

„Ich muss sagen, dass die Sache am Ende so glimpflich ausgegangen ist, haben wir wirklich zum Großteil ihnen zu verdanken, Frau Schulz. Wäre es herausgekommen, dass Finn Jäger die LKA-Beamtin als Geisel genommen hat, hätte ich Anklage gegen ihn erheben müssen. Ich bin froh, dass mir das erspart geblieben ist. Die Familie hat auch so genug aufgeladen."

Er sah zu Omar hin und dieser nickte.

„Marianne ist seit heute in der Frühreha", warf dieser ein. Allgemeines Aufatmen war zu hören.

„Und es wurden alle Anklagepunkte gegen sie fallen gelassen. Das LKA hat uns mitgeteilt, dass es sich um eine Fehleinschätzung ihrerseits aufgrund von falscher Computerdaten handelte", ergänzte der Staatsanwalt.

Karsten Windisch ließ ein genervtes Schnauben hören. „Und was ist mit dieser Meinike?"

Der Staatsanwalt schmunzelte.

„Sie wurde in den Innendienst versetzt, das weiß ich aus einer…nun ja, Quelle."

„Oje", sagte Kate leise und schenkte Omar und sich

Limonade nach. „Das wird sie härter treffen als alles andere. Aber trotzdem ist auch sie mit einem blauen Auge davongekommen."

Mike öffnete beide Hände. „Sie hat uns den Tipp gegeben, wo wir die Russen finden, und so konnten wir den ganzen Drogenring mit einem Hieb zerschlagen. Ro ist vor Freude ganz aus dem Häuschen. Aber ohne die ganze Undercoveraktion, die Meinike gesteuert hat, wäre das nicht möglich gewesen, das muss man ihr lassen."

Omar winkte ab, trank einen Schluck und sah dann Kate an.

„Sag mal, wie ist es Finn denn nun gelungen die Meinike zu überwältigen?"

Kate ging zu einem Schrank, öffnete eine Schublade und hielt eine Browning in der Hand.

Staatsanwalt Gebhardt runzelte die Stirn.

„Finn Jäger war bewaffnet?", fragte er und Kate reichte ihm die Waffe über den Tisch. Jetzt lehnte sich der entspannt zurück.

„Eine Schreckschusspistole", sagte er erleichtert und Kate nickte. „Sieht aber sehr echt aus. Dann hat er ihr ihre Dienstwaffe abgenommen und damit hatte er dann eine scharfe Waffe."

Als wolle er das im Detail gar nicht so hören, klatschte der Staatsanwalt in die Hände und sah Mike auffordernd an. „Also, ein Glas Wein würde ich noch nehmen."

Während dieser eingoss, sagte Kate mit einem Augenzwinkern zu Omar.

„Ende gut, alles gut." Dann wurde sie ernst. „Hoffen wir wenigstens, dass der Rest auch noch gut wird."

Der Rechtsmediziner nickte. „Die Hoffnung stirbt zuletzt."

Kapitel 17

Es war der erste warme Frühsommerabend und durch Mike und Kates Garten schallten laut von *The Mamas & The Papas* der Song *California Dreamin*.
Kate trug jenes Flower-Power Kleid, von dem ihr Mike im vergangenen Jahr gesagt hatte, sie würde es einmal genau zu diesem Zweck tragen.
Überhaupt erinnerte der Garten stark an ein Woodstock Happening, alle Anwesenden trugen Kleidung der sechziger Jahre und fast alle der weiblichen Gäste Blumen im Haar.
Übermorgen würde Kates ehemaliger Partner Spezialagent Ben Thomson mit seiner Frau Anne wieder zurück nach Atlanta fliegen. Ihre Hochzeitsreise hatte sie quer durch Europa geführt und die letzten Tage hatten sie bei Kate und Mike verbracht.
Da Ben ein großer Flower-Power-Fan war und gern solche Partys organisierte, hatte Kate geplant, ihn ihrerseits mit einer solchen zu überraschen.
Scheinbar war es auch gelungen, denn sowohl Ben als auch Anne schienen sich köstlich zu amüsieren.
„Nicht schlecht für euch Krauts", hatte Ben eben gerufen, während er sich ein neues Bier geholt hatte.
„Der Alkoholpegel steigt", raunte Mike, der eine verwaschene Jeans und ein buntes Hemd mit passendem Stirnband trug, Kate zu, die ihrerseits lachte.
„Keine Sorge, in den passt noch jede Menge rein."
Dann sah sie sich suchend um. „Wo steckt eigentlich Omar? Der ist schon eine ganze Weile weg?"

Während dessen Ehefrau Jasmin, keck in ein gewagtes Minikleidchen gekleidet, gerade mit Chris Töpfer tanzte, war von dem Rechtsmediziner nichts zu sehen.

Mike zuckte die Schultern. „Vielleicht schaut er nach den Kindern?"

Kate drehte die Augen nach oben. „Die sind doch bei seinen Eltern."

„Er wird schon wieder kommen", sagte Mike und zog Kate in Richtung der aufgebauten Tanzfläche. Gerade wurde *San Francisco* von *Scott McKenzie* gespielt und Kate schmiegte sich eng an ihren Mann.

„Das war schon eine geile Zeit damals", murmelte dieser und spürte Kates Nicken an seiner Brust.

Kaum war das Lied zu Ende und *Joe Cockers „With a Little Help from My Friends"* erscholl, kam Chris Töpfer, der seinen Tanz mit Jasmin beendet hatte und klatschte seine Chefin ab.

Mike hob lachend die Hand und ging in Richtung der im Hawaiistil eingerichteten Bar, an der, stilecht mit Perücke und buntem Hawaiihemd, Ernst Winter, unterstützt von Matthew „Matt" Fisher, die Getränke servierte.

In der Ferne hörte Mike, trotz der Musik, das Schlagen einer Wagentür und dann sah er Omar, der auf den Rasen trat und Steven Neubauer, der die Musik regelte, ein Zeichen gab.

Sofort wurde es still und ein Strahler erhellte die Tanzfläche. Breit grinsend stand Omar im Lichtkegel und sagte mit der Stimme eines Varietékünstlers:

„Liebe Freunde, jetzt kommt mein Überraschungs-
gast des Abends."

Er deutete hinter sich und am Arm ihres Mannes Torben kam Marianne Jäger über den Rasen gelaufen
und stellte sich neben Omar.

„Hallo", sagte sie leise, aber jeder verstand es und für
einen Augenblick war es so still, dass man die Geräusche des nahen Stadtparks wahrnehmen konnte.

Aber dann brandete Beifall auf und es war Mike, der
als erstes bei seiner Kollegin war.

Er sah erst Omar fragend an, der seinerseits nickte.

Dann schloss er Marianne fest in die Arme.

„Willkommen zurück", sagte er.

Nachwort:

Vielen lieben Dank an Sie und Euch, danke für eure Lesertreue. Noch immer macht es mir unheimlich Spaß, meine ehemalige FBI-Agentin Kate Schulz in ihrer (und meiner) Heimatstadt Plauen ermitteln zu lassen. Ich hoffe, man merkt es!

Danke auch für das Feedback, das mir immer wieder gegeben wird und die Anregungen, die Potential für weitere Folgen in sich bergen.

Die von mir geschilderten Geschichten, Einrichtungen und Menschen sind fiktiv. Allerdings sind die Straßen und Plätze und viele der erwähnten Gebäude in meiner Heimatstadt Plauen real, wie zum Beispiel die Gaststätten Handelshaus und Matsch, die Plauener Kaffeerösterei und ihr Besitzer Daniel, der so freundlich ist, mir zu gestatten, Teile meiner Geschichten in seinen Räumen anzusiedeln, das gleiche gilt für das Kaffeehaus Müller (mein Lieblingskaffee).

Zur Autorin:

Annette G. Krupka wurde in Plauen geboren.
Sie besuchte hier die Schule, lernte Krankenschwester, studierte später Pflegemanagement, erwarb einen Masterabschluss und ist als freiberufliche Unternehmensberaterin tätig.
Heute lebt sie in einer Thüringer Kleinstadt und hat ein Fachbuch zum Thema Pflege veröffentlicht.

„**Marianne**" ist der siebzehnte Teil um die ehemalige FBI-Agentin Kate Schulz.
Bisher erschienen sind:

Lebensborn
Golem
Entführt
Methusalem
Filmriss
Virus
Engelsflug
Würgemale
Verlassen
Culpa
Phobie
Stollentod
Klassentreffen
Game
Nemesis
Rauhnacht

Weitere Folgen sind geplant.

Liebe Leser, danke, dass Sie Kate Schulz bis zum Ende des siebzehnten Falles gefolgt sind.

Sind Sie neugierig, wie es weiter geht mit Kate Schulz???
Bald ist es so weit:

Kate Schulz 18 – „Verschwunden"

Der bekannte Autor Fred D. Walther will in Plauen einige Lesungen geben. Sein Management konsultiert Schulz Security mit dem Auftrag, die Lesungen abzusichern, denn Walthers Bücher sind nicht unumstritten.
Da verschwindet plötzlich Maximilian Krause, Journalist der *Freien Plauener Stimme*. War er wieder einmal einer brisanten Story auf der Spur?
Plötzlich fehlt auch von Fred D. Walther nach einer Lesung jedes Lebenszeichen. Das Management ist erst einmal nicht beunruhigt, gilt Walther doch als nicht sehr zuverlässiger Exzentriker. Aber ist es dieses Mal mehr als nur eine Marotte? Dann überschlagen sich plötzlich die Ereignisse.

Leseprobe- „Verschwunden"

„Was liest du denn?", fragte Mike, als er die Bibliothek betrat und Kate im Sessel sitzend vorfand.
Ein ziemlich dickes Buch lag in ihren Händen. Während er sie auf die Wange küsste, legte Kate das Buch
mit einem Seufzer zur Seite.
„Sag lieber, wie ich mich durch diesen Schinken hin-
durchquäle."
Mike schaute auf den Titel. *„Dein Schrei ist meine
Lust",* las Mike vor und runzelte die Stirn. „Was ist
das denn?"
Kate stand auf und streckte sich. „Hast du noch
nichts von dem Autor Fred D. Walther gehört? Er
scheint einer der angesagtesten Autoren derzeit zu
sein."
Mike sah wieder auf das Buchcover, las den Namen
und schüttelte den Kopf. Dann nahm er das Buch in
die Hand, drehte es um und von der Rückseite des
Umschlages sah in ein finster dreinschauendes Gesicht, das allerdings nicht unattraktiv wirkte, an.
Daneben stand: Fred D. Walther wurde 1979 im
Vogtland geboren. Nach mehreren beruflichen Auf-
enthalten im Ausland kam er vor einigen Jahren zurück nach Deutschland und stand bereits mit seinem
Erstlingswerk *Meine blutige Hand auf dir* auf den Best-
sellerlisten.
„Hm", machte Mike und legte das Buch zurück.
„Also weder Titel noch Name sagen mir was. Muss
man den gelesen haben?"

Kate lachte auf. „Nein, ich glaube nicht dass man das muss, zumal seine Bücher alle, wie auch das hier, voll von blutrünstigen bis zu unglaublich brutalen Exzessen sind, dabei obendrein sexistisch und auch noch ziemlich stereotyp im Rollenmuster. Aber, das muss ich ihm zugestehen, sehr gut recherchiert und spannend konstruiert."

Mike schüttelte den Kopf. „Und warum liest du es?"

Kate ging mit ihm in die Küche.

„Weil Fred D. Walther ab morgen einige Lesungen gibt, sozusagen als Hommage an seine vogtländische Heimat und in Plauen damit beginnt. Sein Management hat uns zu seinem Schutz engagiert."

Mike nahm ein Stück vom Käse und steckte ihn sich in den Mund, gefolgt von etwas Melone.

„Wow, was ist denn nun so besonders an ihm?", fragte er mit vollem Mund.

Kate setzte sich an den Küchentisch und schenkte Mike ein Glas Wein ein.

„Seine Bücher haben einigen Staub aufgewirbelt, er hat sogar Drohbriefe bekommen, zumal er auch mit der Kirche nicht sonderlich zimperlich umgeht. Scheinbar fühlt er sich wohl in der Rolle des Bad Boys. Jedenfalls ist es kein schlechter Auftrag und ich habe Matt dafür abgestellt."

Sie deutete mit dem Daumen in Richtung Bibliothek.

„Ich wollte nur wissen, was uns erwarten könnte. Vorhin hat seine Managerin uns angerufen, er ist gestern Nacht im Hotel Alexandra eingetroffen und bereits heute Morgen wurde er dort von seinen Fans erwartet."

Mike zog die Stirn in Falten. „Du tust ja, als seien die Rolling Stones in Plauen."

Kate grinste. „Walther ist ziemlich stark vernetzt und hat scheinbar auch so einige Groupies, wenn man das mal so sagen will. Matt ist schon vor Ort."

Sie angelte sich ein Stück Käse und Mike nach seinem Weinglas, als Kates IPhone klingelte. Seufzend griff sie danach. „Soweit zum Thema Feierabend", raunte sie Mike zu und nahm das Gespräch an.

„Ach, hallo Laura. Nein, ich dachte, es ist jemand von meinen Leuten. Was gibt es?"

Sie lauschte eine Weile schweigend, dann sagte sie: „Weißt du, woran er zuletzt dran war?" Wieder hörte sie zu. „Gut. Ich komme morgen früh gleich zu dir. Wenn er sich inzwischen meldet oder du sonst etwas erfährst, ruf mich an, egal wann. Okay? Tschüss."

Dann legte sie das Telefon langsam auf den Tisch.

„Maximilian Krause ist seit gestern Abend verschwunden, das war Laura, seine Mitarbeiterin."

Mike sah sie erstaunt an. „Kate, der Junge ist Journalist. Wer weiß, welcher Fährte er wieder nachjagt."

Kate, die ihr IPhone betrachtete und schließlich von sich wegschob, schüttelte langsam den Kopf.

„Er hat ein Telefon, mit dem nur Laura und ein paar wenige Insider ihn erreichen können. Und das ist ausgeschaltet."

Mike, der bereits das nächste Stück Käse in Richtung seines Mundes bewegte, zuckte die Schultern.

„Vielleicht verbringt er mit einer neuen Eroberung

ein paar stürmische Stunden in deren Bett. Da kann man schon mal die Zeit vergessen."

Kate drehte die Augen nach oben. „Nenne mir mal den Journalist, der stundenlang nicht erreichbar ist." Sie klopfte mit den Fingern auf den Tisch.

Mike räusperte sich etwas. „Jedenfalls ist das kein Grund für eine Vermisstenanzeige", stellte er klar.

„Das weiß ich", sagte Kate. „Wir warten bis morgen früh, dann rede ich mit Laura und notfalls setze ich Steven darauf an."

Mike erhob sich und nahm sein Weinglas. „Komm, lass uns ins Wohnzimmer gehen." Dann sah er sie an. „Wenn er wirklich freiwillig abgetaucht ist und sich eine Auszeit nimmt, mit wem und warum auch immer, kannst du mächtigen Ärger bekommen, dass weißt du schon, oder?"

Kate, die ihm gefolgt war, legte ihm die Hand auf den Arm. „Das weiß ich. Vielleicht ist er ja wirklich morgen früh wieder aufgetaucht."

Inzwischen waren sie im Wohnzimmer angekommen und Mike machte Licht. „Naja, du…"

In diesem Moment zerriss ein Knall die Stille und Mike, der das Weinglas fallen gelassen hatte, hechtete auf Kate zu und riss sie mit sich hinter die Couch, als ein Glasregen auf sie herunterprasselte.

„Bleib unten", raunte er ihr zu und griff nach seinem Smartphone, das er glücklicherweise noch in der Hosentasche hatte.

Dabei sah er, dass sein Arm und die Hand blutverschmiert waren.